Lucia BERLIN

WELCOME HOME

A Memoir with Selected Photographs and Letters

欢迎回家

[美]露西亚·伯林 著

王爱燕 译

北京出版集团
北京十月文艺出版社

新经典文化股份有限公司
www.readinglife.com
出 品

谨以此书纪念弗雷德与海琳·巴克

目 录
Contents

前言
1

欢迎回家：回忆录及照片集
5

书信选（1944—1965）
125

附录
257

前言

"说来可笑,我在那么多地方生活过……由于频繁搬家,住处对我来说,非常非常重要。我也一直在寻找……寻找一个家。"

——露西亚·伯林访谈(二〇〇三年)

我见过的第一位创作中的作家是我母亲,露西亚·伯林。我和哥哥马克在格林威治村的阁楼上骑着小三轮车转圈,母亲则在她那台奥林匹亚打字机上不停地敲打着,那是我最早的记忆。那时我们以为她在写信——她写过很多信。我们常在纽约市区漫步,在长长的散步途中,我们几乎每天会在邮筒前停下,她会让我们把信投进去。我们喜欢看信在投信口消失,听它们落下的声音。每当收到来信，她都会念给我们听，还经常根据当天信上的内容给我们编个小故事。

我们是听着母亲的故事长大的。我们听她讲过很多故事，其中一些是我们的睡前故事：她和她最好的朋友肯特施里夫的冒险故事；他们露营时俘虏了一头熊的故事；小木屋用杂志书页糊墙纸的故事；蒂妮舅妈在屋顶上的故事；约翰舅舅的宠物美洲狮的故事。这些故事我们听过不止一遍，都是她亲身经历的，其中很多都被她写进了作品中，后来得以发表。

我大约六岁的时候，在探索壁橱时，偶然发现了一个打字机盒子。盒子里装着一个文件夹，封面上写着"安宁的王国"，讲述了两个小女孩在埃尔帕索到处兜售音乐化妆盒的故事。这是我读到的第一本不是儿童读物的书。那时我才意识到，母亲用打字机不只是写信，还写故事。她向我解释，几年前她是怎样在杂志上发表作品的。她给我拿了几本杂志，让我读一读。从那以后，我就经常缠着她，要读她正在创作的作品，她总是说："等我写完。"

又过了七八年，母亲才陆续完成了一些足够让我阅读的作品。当时，她又生了两个儿子（我的弟弟，大卫和丹），跟她的第三任丈夫（我们的父亲巴迪·伯林）离了婚，搬到了伯克利，在当地一所小型私立中学当老师，艰难地维持生计。生活一团糟（也许正由于生活一团糟），她却写得比以往更多。大多数时候，在我们吃过晚饭、看完喜爱的电视节目后，母亲就会坐在厨房餐桌前，手边放一杯波旁威士忌，开始写作，经常一直写到深夜。她通常会用圆珠笔在活页本上随意写写，但偶尔我们也会被她打字的声音吵醒，音响中时常循环播放着她当时最爱的歌曲，将打字声淹没。

母亲在这段时间里完成了她的第一批短篇小说，早在六十年代初，她在纽约和阿尔伯克基时就已经动笔创作那些故事了。它们很快就被更具个人色彩的故事所取代，这些故事脱胎于她糟糕的境遇和个人悲剧，而这些不幸又是由她日益严重的酗酒问题导致的。失去教职后，母亲又陆续做过不同工作（清洁女工、电话接线员、医院病房管理员），这些工作就像她在醉汉拘留所与戒瘾病房度过的那些时光一样，为她创作新小说提供了丰富的素材。无论遭遇什么挫折，母亲都一直写作，很快便有新作问世。

多年之后，母亲让我读的最后一部作品是《欢迎回家》的手稿，那是一系列回忆，关于她称之为家的地方。最初她只打算简单勾勒这些地方本身，其中并不加入人物或对话。这本手稿的内容是母亲的一些童年往事,我们小时候听她讲过,但现在这些故事按时间排序,也不再伪装成小说的模样。不幸的是,母亲的时间已耗尽,最后的手稿终止于一九六五年,最后那句还没来得及画上句号。

露西亚一生中写的信就算没有上千封,也得有几百封了。本书收录的书信与《欢迎回家》中记录的是同一时期,是我们最喜欢的一组信件。其中大部分是她在一九五九年至一九六五年间写给好友艾德①·多恩和海琳·巴克·多恩的信。那是母亲一生中跌宕起伏、充满戏剧性的时期,也是她的成长期。彼时的她是一位年轻的母亲、一位有抱负的作家,正经历着自我发现的阵痛。这些书信让我们看到了她迷人的内心世界。

我们将《欢迎回家》送给你们,这些故事、书信和照片来自一位具有独特声音的美国作家前二十九年的人生。

杰夫·伯林
二〇一八年五月

---

① "艾德"为后文中"爱德华"的昵称。

欢迎回家

回忆录及照片集

1935 年，阿拉斯加

1935 年，阿拉斯加，朱诺

△ 1935 年，泰德和玛丽·布朗，于阿拉斯加，朱诺

▽ 布朗夫妇在朱诺的房子

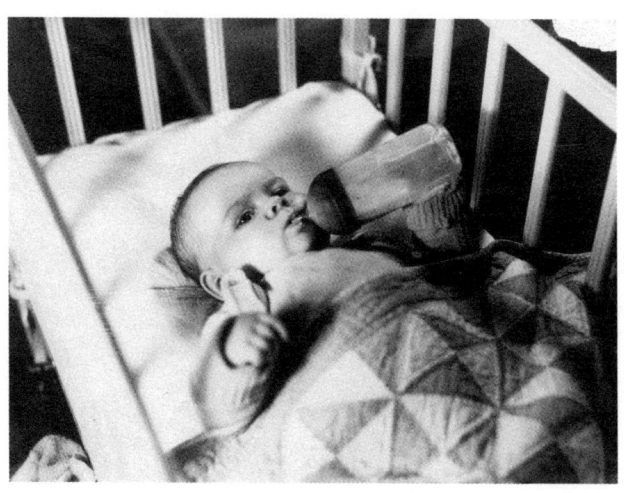

露西亚，出生于 1936 年 11 月 12 日

阿拉斯加，朱诺

他们说那是一栋温馨的小房子，有许多窗户和几个敦实的柴炉，纱窗紧闭，以抵挡蚊虫。房子面朝海湾，看得见落日、繁星和耀眼的北极光。妈妈轻轻摇晃着我，凝望着下面的港口，那里总是挤满渔船和拖船，还有美国和苏联的运矿船。我的婴儿床放在卧室里，屋里一直是要么很暗要么很亮，妈妈是这么说的，但她没有进一步解释白昼的长短会随季节变化。我开口说的第一个词是"光"。

△ 1937 年，玛丽·布朗和露西亚，于阿拉斯加，朱诺

▽ 1937 年，泰德和玛丽·布朗，于爱达荷，穆兰

爱达荷，穆兰

我最早的记忆是松枝拂过窗玻璃。这座房子位于爱达荷州科达伦的阳光矿。巨大的橡树，树枝几乎与地面平行，松鼠在上面跑来跑去，就像在高速公路上一样。

我最近读到一个说法，多年前鲜花的香气，尤其是玫瑰和丁香的芬芳，其实比现在要浓烈得多，一次次杂交使它们的香味变淡了。不管真假，我记忆中爱达荷的芬芳比今天的任何花香都要馥郁。苹果花和风信子简直令人迷醉。我喜欢躺在丁香树下的草地上呼吸着花香，直到眩晕。那时我还会不停地转圈，直到晕得站不住。也许这些就是早期的预警信号，而丁香花是我染上的第一种瘾。

我以前从没听说过银柳，所以看到枝条上细细的绒

△ 1937 年，布朗夫妇在爱达荷穆兰的房子

▽ 露西亚在爱达荷穆兰

毛，我很惊诧。我蹚过冰冷的小溪，伸手去够那些柳条，鞋子和衣服都被溪水浸透了。从那以后，爸爸妈妈就不让我出门了，他们担心我会溺水或被水冲走。

我睡的是一张壁床。那时，这种白天会被收到壁橱里的床很常见。我们住的大房子里没有地毯，也没有多少家具。吱嘎吱嘎的响声。在树林间回荡的风声，雨点落在玻璃窗上的噼啪声。卫生间里的啜泣声。

夜晚，爸爸妈妈有时会和邻居玩皮纳克尔纸牌，笑声和烟雾沿着楼梯飘进我的房间。芬兰语和瑞典语的惊呼声。令人愉悦的，扑克筹码瀑布般的声音，冰块在鸡尾酒杯中碰撞的声音。妈妈独特的发牌方式。洗牌时飞快的嗞嗞声，她将纸牌甩到桌面上时清脆的啪啪声。

每天早上，我望着别人家的孩子去学校，晚些时候，我还能听见他们在踢球，抓石子，抽陀螺。我在屋里跟我的"小狗"跳跳一起玩耍，那是个系着浴袍腰带的小咖啡壶。我的妈妈读侦探小说。我们俩经常出神地望着窗外，望着天空落下的雨。一开始，窗外的景象有些令人害怕，但当你在初雪的那天早上醒来时，你会觉得那真美啊。

爸爸下班回家，疲惫，满身泥垢，他的眼睛就像一对受惊的白色圆环，包裹着中心的翠绿。

星期六晚上,我们徒步下山,到镇上去。一家杂货店和邮局,监狱和理发店,一家药店和三个酒吧。我们买了一份《星期六晚邮报》和一块大号的好时巧克力棒。雪地在我们的胶鞋下发出清晰的咯吱咯吱声。天黑之后,我们朝家走去,但爱达荷繁星漫天,如白昼般明亮。当然,那时的星光也比现在明亮得多。

肯塔基，马利恩

冰雪和严寒很快转变为南方闷热的春天，梓树花、桃花、苹果花。到处都是鸟儿，快乐难以抑制。蝴蝶。我只能住在寄宿公寓的阳台上，阳台漆得闪闪发亮，拖地的黑鬼也闪闪发亮。"别让她这么叫他们。"爸爸对妈妈说。

"我可是得克萨斯人。那我该叫他们'黑子'？"

"天哪，叫'有色人种'！"

有色人种的女仆、厨师和服务生都会跟我聊天。

除了我，寄宿公寓里没有别的孩子。马利恩的矿工都是单身男人，大多是墨西哥人，他们之中有几百人住在工棚里。而那些住寄宿公寓的人都是像爸爸那样的工程师、化验师、地质学家；还有一个留小胡子的砖瓦工，

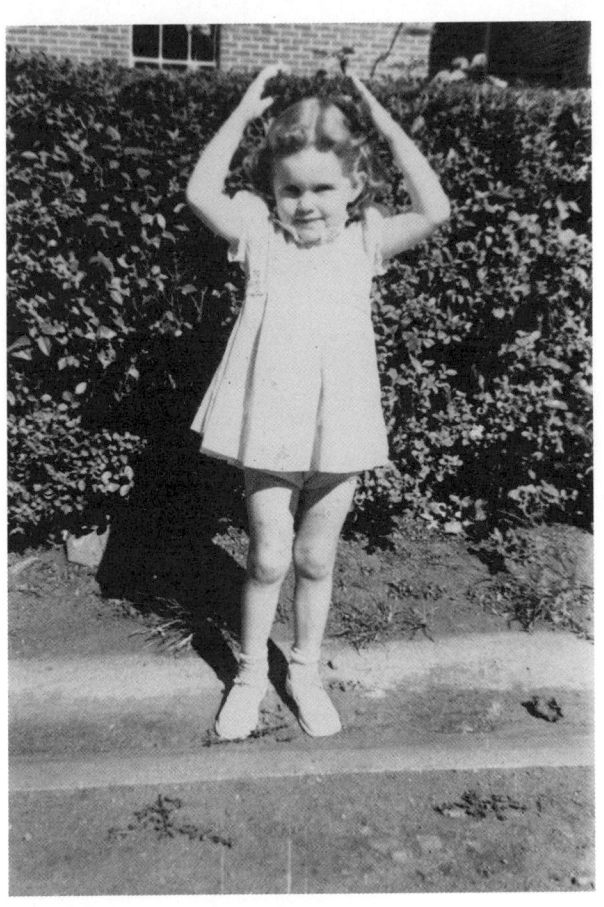

1939 年，露西亚，于肯塔基，马利恩

1939年，位于肯塔基马利恩的寄宿公寓

常在阳台上和妈妈一起大笑。唯一的另一位女住客是位保健护士。她的胸部惊人地丰满，吃饭时只好侧着身子坐。我总忍不住盯着她的胸脯看，直到被爸爸拍了一巴掌。后来我只要一听到"胸脯"这个词，就忍不住咯咯直笑，还唱歌般重复，"胸脯、胸脯、胸脯"。这位护士奔波于不同的学校，用龙胆紫给学生治疗脓疱病和皮癣。

我们住的房间很热，有吊扇和蚊帐，阳台只够我一个人住。所有租客只能共用走廊尽头那个发霉的臭烘烘的卫生间。有时候我走进房间，妈妈在哭，可她说："不，我没哭，听到没有？"她穿着桃子色的衬裙，躺在床上读侦探小说。

我们住在寄宿公寓时，只出过三次门。有一次就是那个留小胡子的砖瓦工开车带我们去乡下。起伏的绿色山丘上有母牛和马,还有一个养猪场。里面的猪肥硕得像小汽车一样大,长着吝啬之人的小眼睛。爸爸开车带我们穿过密西西比河。望着宽阔的河面,他流下眼泪,说我们生活在美国真有福气。妈妈说他是个多愁善感的傻瓜。爸爸带我们去过一座大城市,我们在那里乘坐了自动扶梯。我可以在阳台上玩抓石子,但我不知道该怎么玩。我还想给跳跳改名叫"龙胆紫",但是没成功。萤火虫。萤火虫。萤火虫。

蒙大拿,鹿栈

在鹿栈,我们住在孤松汽车旅馆的一个一居室小木屋里。温馨,弥漫着西部风情。灯罩上的图标。窗帘和床单上印着牛仔和印第安人图案。驯马的牛仔和印第安勇士的绘画。海华沙[①]划着独木舟。

我睡在折叠沙发上,旁边摆着一台很棒的收音机。播圣经节目的时候,我会对着收音机的小喇叭大喊:"耶稣是我的救世主!"《魅影奇侠》《费伯·麦克基》《杰克·本尼》《角色扮演》[②]。那时候我一听到《四处无人》这首歌就会咯咯直笑,因为妈妈把我的私处叫作"身

---

① Hiawatha,北美印第安传说中奥内达加部落酋长,易洛魁联盟的缔造者,美国诗人朗费罗的史诗《海华沙之歌》的主人公。
② 均为美国电台节目。

体",还说绝对不要乱碰。①

妈妈在鹿栈市有个朋友,叫乔治亚,她丈夫叫乔,跟爸爸同在矿上工作,班次也相同。他们住隔壁,每到星期天就过来喝咖啡,品尝妈妈做的蛋糕。妈妈难得做饭,所以对自己烤的蛋糕骄傲得不得了。外面总是下雪;灼热的温度从厨房的烤箱里钻出来。屋子里热气腾腾,肉桂和香草的气味扑鼻而来。大家的脸都粉扑扑亮闪闪的,带着笑意。

每个星期的工作日,男人们都太累了,回到家时,几乎连把靴子脱下来的力气都没有。吃饭时他们也懒得说话,吃完饭就倒在床上。每到星期六,他们都得喝点波旁威士忌,打桥牌,开怀大笑。星期天,爸爸和乔会在早餐时轮流读搞笑文章,然后躺在我的床上,把报纸的其他内容看完。女人们则做些清洁工作,做发型——用假发包弄成高卷发,用发卡夹出波浪。她们修眉毛,修指甲;男人们会收听广播里的橄榄球比赛。我躺在沙发床上,在爸爸和乔中间,给画片涂色,我喜欢听收音机里人群的欢呼,播音员狂热的解说,男人们使劲吆喝,用力拍着彼此的肩膀;我喜欢他们身上的矿工味——混

---

①《四处无人》的原文为"I Ain't Got Nobody",而"身体"的原文为"body",因此作者产生了这种联想。

合着骆驼牌香烟、啤酒和肥皂的气味。矿工们总是带着一股肥皂味,肯定是因为他们身上太脏了。

1940年11月,露西亚

蒙大拿，海伦娜

我们在海伦娜的时候，住在一栋动静很大的公寓里，爸爸妈妈睡壁床，我睡一张帆布床。每天早上，后门外牛奶瓶中的奶油会噗一声冒出来。当时发生过一场冰暴，树木会发出碎玻璃的声音。我正在学着读书。关于海伦娜，我真正记得的只有图书馆，《西风妈妈》的绿色封面和《理解贝琪》那破旧的蓝色封面。那时我觉得《理解贝琪》是专门为我写的，觉得在某处有人想要把自己的事讲给我听。

初雪前的几个星期，爸爸每个星期六都带我进山，去给一个在山上独居了五十多年的老勘探员送过冬的物资。面粉和咖啡，烟草，糖，干豆，咸猪肉，燕麦片，蜡烛。一摞摞沉重的杂志：《星期六晚邮报》《红皮书》

《田野与溪流》。

上山的路很漫长，第一次去的时候，我们在路上做下标记。爸爸让我用刀割破树皮，树液的味道新鲜刺鼻，至今仍留在我的记忆中。约翰逊的小木屋就藏在茂盛碧绿的草地边缘。那其实就是个没刷漆的小棚屋，窗户看起来像一对眼睛，门就像一个咧开嘴的傻傻的微笑。高草和野花如同一顶节日的帽子覆盖在小屋顶上。我会在蓝天下躺在屋顶上，狗和山羊围着我又舔又拱。爸爸和老人坐在下面的木桶上，喝着咖啡，翻看老人淘到的金块，翻看各种各样的石头，时而嗯哼两声，时而惊叹几句。爸爸听老人讲故事，一听就是好几个小时。现在我真希望我当时也去听听，可那时我只想躺在屋顶上，沉浸在只有暗冠蓝鸦、顽皮的山羊和狗才能打破的静谧之中。

在我们离开前，爸爸去树林里拖回圆木和树枝，砍成一段段木柴，垛在门边。我则小心翼翼地将杂志一页页撕下，用面粉与水和成的糨糊把它们贴在墙上。小心翼翼，生怕弄湿上面的文字。我们的想法是将它们贴满老人小屋的墙壁，从地板到天花板。在冬季天色阴沉的日子里，约翰逊就可以一直读墙上的文字。等每一面墙都读完，他会在旧的纸页上再贴层新的。重要的是将不同杂志和书页打乱顺序，所以第二十页可能在北面墙的上边，而第二十一页则在南面墙的下边。

我相信这是我上的第一堂文学课，关于创造力的无限可能。我敢肯定，这样的贴法是个好主意。如果书页是连续的，他很快就会读完。而打乱后，因为书页没有任何顺序（通常前一页或后一页被糊在了墙上），所以每读一页，他就得编一个与之相关的故事。但是有时候过了几天，他在另一面墙上找到了接下来的那一页，就得回过头修正他自己编的故事。当他穷尽小屋里墙上故事的所有可能性之后，就会以类似的随机顺序再贴上几页。

开始下雪后，他的羊和狗就跟他一起住在小屋里。我喜欢想象它们蜷缩在那张旧铜床上，看他穿着秋衣裤借着烛光读墙上文字的情景。他说如果他在床上觉得冷了，就会再拖一头山羊到床上来。

在离小屋不远的地方有一个户外厕所，但他说，他通常就站在门廊上向外撒尿。他还有一个坐便器，在山顶的正中央，如同国王的宝座。"坐在那上面是为了思考，"他说，"上去吧，我们不会看你的。从那儿可以看到半个蒙大拿州。"但我觉得，我可以看到整个蒙大拿州。

△ 露西亚、小狗"蓝"和老约翰逊先生在他的小木屋前

▽ 在海伦娜高处露营,钓鳟鱼

△ 露西亚和"蓝"

▽ 1940 年，爱达荷，穆兰

爱达荷，穆兰

这次我们住在一间贴了油毡的小木屋里，就在矿井上方。发动机和发电机轰隆轰隆、咔啦咔嗒，滑轮吱呀吱呀、呼啦呼啦。铁链当啷。焊条嗞嗞。吱吱，咝咝，砰砰。石头从铲车上被哗啦啦、咕隆隆地倒进卡车里，滚到传送带上。煤车吱吱嘎嘎、咔嗒咔嗒驶过，汽笛哀号，呻吟，尖叫。高高低低的汽笛声昼夜不停。男人们昼夜不停地骂骂咧咧、大吼大叫，声音在晚上听来尤为刺耳，伴着锯子发出的呜呜声，各种各样尖利的噪音都化作怪兽。而初雪当天的清晨，链条、索具、齿轮和滑槽都被冰雪缀上闪亮而繁复的花边。大雪使矿井看起来柔和了许多，简直算得上静谧了。年轻的墨西哥矿工像孩子一样在雪地上玩耍。

矿区的工棚里挤满了矿工，单身汉，墨西哥人，芬兰人和巴斯克人。爸爸说，他们远离故土和家人，大多不会说英语。他试图以此向我解释那些人为什么老是酗酒打架。

我家添了个小宝宝，我的妹妹莫莉。她的婴儿床放在爸爸妈妈的房间里。我睡在客厅的壁床上，那张床从没被收起来，白天我们把它当沙发用。我想念那台收音机，它现在在卧室里，可卧室应该是小莫莉睡觉的地方。

唯一的热源是个大肚子的火炉。每天清晨，天刚蒙蒙亮，我看到自己呼吸时的白气，就期待着炉门把手咔

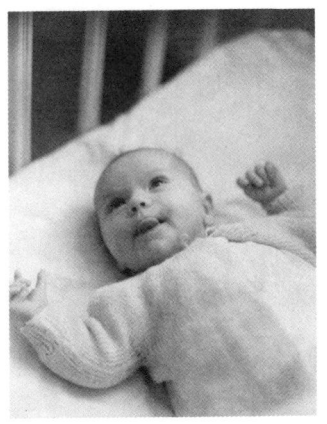

◁ 1941 年， 露西亚于爱达荷，穆兰
▷ 莫莉·基思·布朗，出生于 1941 年 10 月 6 日

嘟一响。几分钟后，木柴开始噼噼啪啪烧起来，一铲煤哗啦一声填进去。咖啡壶欢快地唱起歌来，火柴在妈妈大拇指的指甲上轻轻一划，或者爸爸的芝宝打火机啪的一声打火。他们喝咖啡的时候，就让我用奶瓶给妹妹莫莉喂奶。我和妹妹惬意地躺在床上。她不太好玩，可她喜欢听我唱歌。"假如你头痒痒，不要挠，用菲奇。动脑筋，要想保住头发，就用菲奇洗发水。"还有"四处无人，没有人带我回家"。

木屋墙上没有刷漆，只是本色的木板，地板也是一样。我喜欢住在木头房子里，把木柴添进炉火里取暖，凝望屋外的树木。整个房子都散发着木头的气味。

一开门，松树的清香扑面而来。一旦真正走进树林，就再也听不见矿井的声音了。一切变得静谧，甚至踩在绵密的松针上时都悄无声息。有时我以为听到了林间的微风，但当我驻足聆听，却听不到一点声响。

厨房的地板倾斜得厉害。我把铁皮罐头从高往低滚着玩，一滚就是好几个小时。金枪鱼撞上菠萝。

翻过我们的那座小山，还有一道山谷和另一面山坡。一年前，那面山坡上的树全被烧光了。我第一次看到那里时，整片山坡都覆盖着猩红的火焰草。一片广袤的红色火焰，生机勃勃，随蜜蜂的嗡嗡声而震颤。

我交了个朋友。肯特施里夫。他家住隔壁,房子和我们家的一样,但他的家里有六个孩子。他们的日子过得紧巴巴的,他爸爸经常从华莱士的一家面包店带回一袋袋陈面包。早餐,他们吃泡面包,就是陈面包泡肉汁,而所谓肉汁不过是培根煎出来的油拌上派特牌炼乳。有一天,寒气刺骨,可他家没有煤和木柴。他爸爸不停地把一袋袋陈面包填进小炉子里,直到一家人围拢在一起,都暖和起来。他们朗诵主祷文的声音将我引向他家的厨房。

我的妹妹莫莉得了肺炎,去华莱士的医院里住了两天院。我借住在隔壁,跟他们家的几个孩子一起睡在阁楼里的干草上。阁楼没有装窗户,窗洞上只钉了一块油布。我和肯特施里夫轮流把一只眼睛贴在油布的一个洞上看夜空。那个洞就像一架望远镜,把令人眼花缭乱的繁星框起来,将它们放大。

我喜欢躺在干草床上,挤在那些孩子们中间。我喜欢闻他们身上的气味,尽管那并不好闻,我想,那味道来自尿液和变酸的牛奶,臭脚丫和脏头发。我们依偎在一起,睡着时像群小狗崽一样互相蹭着,每个人都吸吮着大拇指。

我和肯特施里夫开始上一年级。学校离我们家很远……

爱达荷州阳光矿

露西亚和朋友们在穆兰

得爬上一座很高的山，然后走很远的路下山，再爬上另一座山，才能到镇上。放学后，我们从墨菲酒吧搭便车回家，孩子们的父亲交班后都去那里喝酒。矿工们喝第一杯酒前总要说点祝酒词："我们该工作吗？没门儿！我们该罢工吗？绝不！那我们该怎么办？喝酒！万岁！"

我们都喜欢上学。学校里只有一个老师，布里克小姐，她是个好老师。所有学生被分到不同小组，学习不同的科目。我和小孩子一起学数字和写作，和大孩子一起学阅读和地理。肯特施里夫跟我正相反。他是全校最聪明的孩子。他无所不知，比如，他知道只要切开一颗郁金香球茎，就能看到里面有一朵微型郁金香。

珍珠港事件爆发后不久，爸爸就出国了。他加入过海军后备军官训练团，所以接受了军官培训，成了一名海军中尉，然后就乘坐一艘军火运输船奔赴太平洋。我们搬去得克萨斯州的埃尔帕索，住在外公和外婆梅蜜家里。

这一切都发生得非常快，就在圣诞巡游的前几天，本来我和肯特施里夫要扮演朝拜耶稣的东方三博士。(他的名字是肯特·施里夫，但多年以后我才意识到这一点。)在接下来那漫长又可怕的几年中，我疯狂思念着他和爸爸。

人们将这种感觉称为心痛，因为思念一个人是一种实实在在的肉体之痛，存在于你的血液和骨头里。

美国海军泰德·布朗中尉

爸爸把我们送到斯波坎的达文波特酒店，之后便开车离去。我们在酒店住了一夜，第二天便要乘火车去得克萨斯。我和妈妈各睡一张铺着熨烫过的床单的床，妹妹则睡在房间衣柜中的一只抽屉里，身体下面垫了几个枕头。

妈妈把抽屉带上了火车，用它装着妹妹。妈妈竟然偷走酒店的抽屉，这令我又惊又怕。她说："你能不能把嘴闭上？"还扇了我一巴掌。从那以后，一切都开始变糟了。

斯波坎至埃尔帕索，南太平洋铁路

睡觉最舒服的地方，除了游弋在平静海面上的轮船的船舱，就是轻轻摇晃在美国平原上的普尔曼式火车的卧铺车厢了。

头顶上方一盏雅致的小灯，躺在粗糙温暖的被窝里，不用起身也能开灯关灯。车窗下方绷着一只长网袋，东西放进去，从外面也能看得一清二楚。我把发卡、鞋子、蜡笔、"小狗"跳跳和一副老处女纸牌塞进网袋里。

车窗上的遮光帘可以毫不费力地拉上拉下。我躺在黑暗中，看到车窗外一片片云彩从月亮身边飘过，一间农舍的厨房里有一个人还没睡。我拉开窗帘，打开灯，向车窗外挥手、微笑——说不定树林里会有人看到我。服务员走过来小声问："小姐，一切都好吧？"知道有他在照顾我，感觉真好，很安全，很踏实。列车员也是如此。火车在小镇停靠时，我把窗帘拉开一道缝。有一次我看到两个穿着工装裤、脚蹬靴子的男人的腿，一盏提灯在他们的腿之间晃荡。他们神情轻松，有说有笑，随后列车员那熨烫过的深蓝色裤子和闪亮的黑皮鞋也加入了他们，几个男人站在一起谈笑风生——好像世间万事万物都能引他们发笑，而不单单是因为某个笑话或某个人。

小马驹在牧场上奔跑，一座小镇渐渐苏醒。农家院子里，有个女人把床单挂在晾衣绳上。她用牙咬开一个晾衣夹，然后向列车挥手。

卧铺车厢里的床比我的壁床更容易收纳整齐。车厢里有两张床，上下铺。你如果真想体验坐火车的感觉，专心聆听车上的噪音，或想体会独处的感觉，选上铺是不错的。这样你就不会总盯着窗外，就能睡得更久了。

可怕，车厢连接处风声呼啸。

车厢门很重，很难打开，但穿过所有车厢，用白色的锥形杯喝凉水还是很好玩的。列车的休闲车厢里满是军人和烟雾，还有放肆的笑声。

餐车是我去过的最讲究的地方。陈设典雅，灿烂夺目的地毯，高背椅，亚麻桌布和餐巾。盖着盖子的锡盘，

玛丽·布朗和露西亚，于得克萨斯，埃尔帕索

还有银器和水罐，都又贵又重。方糖要用夹子夹。洗手盅的温水里放了柠檬片。餐厅里的一切陈设都非常稳重而雅致，特别是那些身材高大、头发花白的侍者，穿着黑衣，系着长长的白围裙。他们对我，对所有人说话都轻声细语。所有的食物都是在一个大约三英尺长两英尺宽的厨房里做好的，厨师是两位垂暮老人，做饭时一直有说有笑。

火车上的盥洗室最有趣的一点在于，马桶直通车底下的草地和枕木。飞机上的厕所是不是也这样呢？我至今没有搞清楚，而且都这把年纪了，我也不好意思问别人。难道所有乘客的排泄物都飘散到大气层里去了？如果真是这样，岂不飘得漫天都是吗？如果不是，那些排泄物又存放在哪里呢？我喜欢凝视火车马桶下面飞驰而过的大地。有几次妈妈吐了，我一边扶着她的头一边数枕木。盥洗室里摆着一条长沙发和几把椅子，妈妈大部分时间都坐在盥洗室里看书。她抽烟，给妹妹喂奶，跟另一个女人一起喝威士忌，直到后来她们俩大吵了一架。车到犹他州的时候，列车员让那个女人下车了。那天深夜，服务员走进盥洗室。我抱着莫莉，妈妈睡着了。他告诉我床已经铺好，还说："去睡吧孩子，你什么也不用担心。"

得克萨斯，埃尔帕索

我们下了火车，我感觉埃尔帕索好像有点不对劲。这里肯定有树，可我一棵也没看到，只有被太阳晒得发白的天空向四面八方延伸。空气沉重混浊，夹杂着热浪和冶炼厂的废气，钙质尘土。

外婆梅蜜和外公住在厄普森街，离冶炼厂很近，所以无论白天黑夜，天空都会突然间黑烟弥漫。如瀑布般翻涌的黑色烟雾，刺痛眼睛且令人作呕的浓烈硫黄味和别的金属的气味。好看，因为阳光透过烟雾闪烁，如同一只闪着缤纷彩虹色光芒的波浪形万花筒——柠檬绿、紫红、普鲁士蓝。

与这条街同一侧的所有房子一样，外公外婆的房子建在小山上，得爬上高高的台阶才能走到黄色的院子里，里面有一条叫琳达的银狐犬拴在一棵细高的楝树上。一堵芬芳的粉红色夹竹桃树墙挡住了隔壁的房子。我走过去闻花香,梅蜜提醒我小心,夹竹桃吃到嘴里是会死人的。

房子里面出奇地凉爽。屋内光线昏暗,窗户紧闭,以隔绝外面的热浪和冶炼厂里的灰尘。家具和地板上依然到处是成堆的灰尘。

房子里弥漫着硫黄、潮湿的脏衣服、香烟、威士忌、飞立脱①和变质食物的气味。没有冰箱,只有一个放着冰块的箱子,里面总有些腐烂的东西。食品储藏室里有香草和丁香的香味,但也有烂土豆、烂洋葱味和死老鼠的气味。

妈妈说,外婆不擅长做家务,因为他们以前习惯雇人做。在厄普森时妈妈也不做家务。大多数时候都是爸爸做饭、打扫卫生。在得州的日子里,我们每个星期天都吃炖肉。

其他时间的饭菜五花八门,从猪排到花生酱三明治到西红柿汤。要是约翰舅舅在家,我们就能吃到米饭、豆子和墨西哥玉米饼、顶上加了一只鸡蛋的玉米烩饼、

---

① 杀虫剂品牌。

1943 年，于埃尔帕索

塔可或杂烩汤。

人人都用飞立脱喷蟑螂蚊子。夜里一开灯,成千上万只蟑螂咔嗒咔嗒仓皇逃窜,会把你吓一跳。卫生间散发着恶臭。油毡已经磨损,外公撒尿的时候总是撒到地上。可他每天都洗澡,就连夏天也穿着挺括的白衬衫、做工精良的套装和背心。他身上散发着骆驼牌香烟、月桂酒①和杰克丹尼威士忌的气味。妈妈身上也有骆驼牌香烟的气味,还有禁忌牌香水和杰克丹尼威士忌。约翰舅舅身上则是精美牌香烟和龙舌兰酒的味道。

梅蜜身上有很多味道,每种都让人透不过气,我总是到主卧大床中间,一头扑进她的怀里。她的皮肤又白又润,质地和温度跟埃塞俄比亚面包一模一样。

梅蜜每天晚上用小爱博索比②按摩她那可怜的双脚,在鸡眼上涂呛人的药。外公是牙医。梅蜜给他做助手,每天要穿着束身内衣站很长时间。晚上我会在她的背上扑爽身粉,帮她取下头发上所有的发卡。我喜欢给她梳头。柔软浓密,依然乌黑,一直垂到膝弯。换上睡衣后,她会把头发编成一根长辫子。她跪在地上祈祷时,看起来宛如妙龄少女。

---

① 一种剃须后用的含酒精香水。
② 镇痛膏品牌。

1944 年，露西亚和莫莉，于埃尔帕索

客厅和餐厅铺着东方风情的地毯。两个房间都摆满了家具,跟商店一样。它们都是珍贵的古董,外公外婆在失去外环路的房子后,倒是保住了这些家具。外公的积蓄在大萧条时期就花光了,而他酗酒的习惯让牙科诊所的生意大受影响。虽说梅蜜从不扫地,可她把大理石面的桃花心木桌子和雕花餐具柜擦得锃亮,还一连擦好几个小时的银器。

外公有两把巨大的皮摇椅——一把在餐厅的大火炉旁,另一把在客厅的大收音机旁。有时他会捉住我,把我放在他的腿上来回晃,就算我哭了他也不停。下班后,他会坐在摇椅上,边晃边抽烟,听H. V.卡尔滕伯恩的歌,看报纸,还把报纸一页一页地放进一个红色大烟灰缸里烧掉。晚上他有时会听收音机。梅蜜也会听,我妹妹在她身边,《圣经》在她膝头。大多数晚上外公都在麋鹿俱乐部,而妈妈则去波默罗伊酒吧打桥牌,或者去华雷斯城。外公和妈妈都在自己的卧室里吃饭,从不和对方说话。梅蜜和我的妹妹在厨房里吃饭。我在餐厅那张邓肯·法福牌餐桌上吃饭,边吃边读《艾米莉·博斯特》和《巴利特语录》。

约翰舅舅会从墨西哥或得克萨斯州的其他城镇回家。他说他在放牛,这话可能是真的,也可能不是。他在后

约翰舅舅和他的狗琳达

院的棚屋里开了家古董维修店。他睡在后门廊上，几床旧被子就是他的铺盖。每天我做的第一件事，就是瞧瞧他在不在那儿，或者回没回来。

约翰舅舅在家的时候一切都好。他能逗笑我们每个人，只有他和家里所有人都说话，也愿意听我们每个人说话。他曾带我爬上火车的宿营车厢，去华雷斯，去动物园。晚上，我不敢穿过黑暗的走廊去卫生间，害怕那些看不见的鬼魂，害怕外公和妈妈，他们经常像疯子一样从卧室里冲出来。约翰教我祷告："上帝将照顾我。上帝将照顾我。"然后拼命跑过走廊。他晚上回家时也喝得醉醺醺的，但那是一种温柔的、眼泪汪汪的醉意。他会把我叫醒，给我做加糖和香草的炒麦花。他会问我问题，也跟我说一些事情。我对他讲起肯特施里夫，讲起爸爸。他给我讲一个叫多洛莉丝的姑娘是怎样伤了他的心。约翰舅舅真的很会做饭。如果我们俩中有谁感到伤心或害怕，他就会说："遇到这种情况就要吃玉米烩饼。"

亚利桑那，巴塔哥尼亚

从巴塔哥尼亚进山，开车一个来小时才能到达特伦奇矿。二战结束后不久，我爸爸就成了那座矿的负责人。

我们住在那里的每一天都很快乐，可能吗？在我们全家人的记忆中，的确是这样，尤其是妈妈。她在那儿戒了酒，穿漂亮的衣服。她跟着《烹饪之乐》学烹饪，甚至做出了魔鬼蛋糕。

工厂的负责人、几位地质学家和另外一位工程师同他们的妻子住在山上其他的房子里。还有一对夫妇也有孩子，其中一个叫比利，跟莫莉很亲密，就像曾经的我和肯特施里夫一样。他们在山上漫步，每人抱一只温顺的猫，还拉着一辆四轮小推车，用来装他们找到的东西。

住在山上的夫妇们成了好朋友，他们打桥牌，打扑克，玩凯纳斯特纸牌，一起野餐，组织家庭聚会。

那是第一栋真正属于爸爸妈妈的房子。他们将客厅漆成苹果绿色，将莫莉和我的卧室分别漆成桃子色和奶油色。他们在诺加利斯买了家具，在图森发现了一幅牛仔油画，挂在沙发后面的墙上。春天，爸爸修剪草坪，种蔬菜，种玫瑰、郁金香和风信子。

我和莫莉去哈肖上学，学校只有一间教室。我书桌旁边的窗户正对着法雷尔家。他们家养帕洛米诺马，还有一个苹果园。我爱上了拉蒙娜，一匹小母马，我喜欢看它在花雨中慢跑、撒欢。多有趣呀，人们常用"撒欢"这个奇怪的说法。难道他们都看过小马在田野里奔跑嬉戏？

在特伦奇，每天晚饭以后，我们都会出门处理垃圾。我们把它们拉到我家后边的红色岩石悬崖边。剩菜剩饭都用来做堆肥。罐子和瓶子会被我直接扔到悬崖下面。硬纸板则被我们丢进生锈的旧焚化炉里烧掉。烧纸板是最开心的仪式，也许是我们全家在一起做的唯一一件开心事。亚利桑那州的天空总是异常美丽，空气干净，飘荡着迷人的积云，当夕阳照上峭壁，橙色、红色。我们可以看到很远的地方；目光穿过山谷，直达鲍尔迪山那锯齿状的紫色面容。天色越来越暗，我们站在那里，火焰中爆出的火星照亮我们的脸庞。小狗梅布尔和莫莉的

△ 亚利桑那,巴塔哥尼亚的特伦奇矿

▽ 1947 年,露西亚,于巴塔哥尼亚

小猫本蜷缩在草丛中，昏星①在夜空中出现，夜鹰在我们头顶上盘旋，蝙蝠飞掠而过。我们总是盯着天空，想捕捉昏星出现或变亮的那一刻，但它总是就那样亮着。

在矿上，小鹿经常靠近我们。豪猪和长鼻浣熊一路向下，去往我们下方的溪边。我们每个人都见过好几次美洲狮，它们优雅又充满力量，在杜鹃花科的灌木间轻声飞奔而过。

---

① 即金星。

△ 泰德在侍弄花园

▽ 莫莉和露西亚，
于巴塔哥尼亚

南美洲，智利，圣地亚哥，
埃尔南多-德阿吉雷 1419 号

一栋两层的都铎式房子，坐落在街角一处开阔的地段。房子带草坪和一座花园，春天时尤为美丽，杜鹃花和马银花，紫藤花和鸢尾花。整个夏天，先是芬芳的果树和水仙花，接着是豌豆花、紫罗兰、飞燕草、百合、玫瑰。秋天则是大丽花和菊花。玛纽埃尔负责照料花园，他的小儿子则整天剪去枯萎的花朵。

我们的房子临近丁香大街和树林街上那座具有鲜明的现代派风格的教堂。当时那一片是圣地亚哥城中的美景，紧邻我和莫莉就读的圣地亚哥学院。

那座房子小巧典雅，两扇法式落地玻璃门通往花园。屋内铺着镶木地板，还有一个大理石壁炉。从卧室的窗

1949 年，去圣地亚哥的路上

户可以看到清澈的蓝天和被白雪覆盖的安第斯山脉，窗户下方是林荫大道。房间里总弥漫着风信子的气味，尽管这种香气只会持续几个星期。

安第斯山脉似乎没有山麓丘陵作为过渡。阿空加瓜峰直插云霄，高得令人难以置信，锯齿状的山峰巍然耸立。山上积雪的颜色从早到晚变换不停，每到傍晚时分，火红的白雪变作洋红、大红、珊瑚色或柔和的黄色。

家具是花哨的法式"古董"风格。家具送到的时候，妈妈哭了。"唉，我早就知道这些都不合适。"那些画也都不合适，但不合适得颇具韵味，有点像没有对上焦的柯罗画作。家里摆着许多巨大的镀金框镜子，因为妈妈太紧张，不知道该摆哪些画才好。客厅和餐厅里的枝形吊灯璀璨夺目，但在频发的地震中，它发疯般的叮当声让人心惊肉跳。

玛丽亚和罗莎睡在厨房外的一个小房间里。一开始爸爸吩咐她们该做什么，但我的西班牙语进步飞快，于是我就接手了一家之主的角色，安排她们干活，定菜单，给她们钱去采购，检查收据，训斥她们。

我让玛丽亚和罗莎用车库里的洗衣机洗衣服，可她们不听，最后只好我来洗衣服，她们负责晾晒。那个时候还没有高洁丝卫生棉，她们和其他女仆一样，会花几个钟头坐在草坪上，拿着水管在盆子里洗带血的月经带。

我家有一张巨大的餐桌，桌下的地板上有一个铃。只有我一个人在餐桌上吃饭，我喜欢按铃叫每一道菜。爸爸在外面吃饭，要么就在玻利维亚、秘鲁或智利北部的矿山出差。莫莉早早就跟玛丽亚和罗莎在厨房吃了饭，妈妈总是在床上吃。

妈妈大部分时间都躺在床上。她被圣地亚哥的社交生活吓到了，只喜欢和一对姓莫蒂默的英国夫妇打桥牌，或跟一帮耶稣会传教士打扑克。

一楼后部有一个大房间，通向铺着石板的阳台。我们将它称作家庭娱乐室,但只有我一个人用。每个星期,我都会请学校里的朋友来这里跳舞,智利女孩、英国女孩,还有格兰治学校的男孩——格兰治是一所伊顿公学式的精英学校。我们跳探戈和伦巴。《日日夜夜》《狂热》《再见吧朋友》,《大海》——查尔斯·德内的,《一厢情愿》。我们跳舞时从不贴着脸,也不牵手,当然也从来不接吻,除非我们成为恋人,或者关系已经稳定了。

我那时很漂亮,穿着打扮也很出挑,我的朋友也都和我一样,轻佻,养尊处优。我们去找裁缝、美发师、鞋匠,去卡雷拉或阿乌马达餐厅吃午餐,去克里翁餐厅或在彼此家里享用丰盛的茶点。

1952 年,莫莉和露西亚

我们整个冬天都在波蒂略滑雪，夏天则去阿尔加罗沃和比尼亚德尔马避暑。我们看橄榄球和板球比赛，打网球和高尔夫球，去威尔士亲王乡村俱乐部游泳。周末是电影、夜总会和舞会；我们经常穿着晚礼服去树林街的教堂做早弥撒。每天早上我和莫莉醒来时，就按铃叫人送来早饭。按一下是加奶咖啡，按两下是热可可，还有水果和吐司。晚上，罗莎把加热过的砖块放在床脚的被单里，还把我们第二天要穿的校服整理好。墨绿色的毛料衣服，带着上过浆的洁净挺括的白色衣领和袖口，棕色的长袜和结实的鞋子，棕色的短外套和系缎带的圆边帽。还有一条干净的上过浆的白围裙，它看上去更像是实验室的白大褂，在学校时，我们会将它套在校服外面。我们背着书包，沿着绿树成荫的街道，经过美丽的住宅和花园，走过长长的路去学校。那时离智利爆发革命还有很多年，富裕和安逸笼罩着我们的世界。

圣地亚哥学院是一座古老而精妙的石砌建筑，有三间带红瓦屋顶的巨大侧厅。学校的拱门被紫藤覆盖，走廊地面上铺着闪亮的瓷砖，中央是一片巨大的玫瑰园，园中有长凳和带斜坡的小径。校园低处是剧场和体育馆，还有一块打曲棍球和羽毛球的球场。高中部的教学楼外生长着许多榆树、枫树和果树，还有一个带喷泉的大花园。

课程都很难；除了英语课，其他课程都是西班牙语授课。除了西班牙语文学，别的科目都没有教科书。老师一讲就是一个小时，中间从不休息，我们要把老师说的每个字都记下来。我就这样记了几个月，然后把我的笔记同贝亚特丽斯·雷耶斯从另一个女生那里抄来的笔记进行比较、订正，以便在考试中能够逐字逐句地默写出来。我的历史和哲学考得很好，但很久以后我才明白自己写的东西是什么意思。学校的功课都很难。我们要学英语、法语、化学、数学和物理。我在西班牙语课上读的西班牙和南美洲的小说、诗歌比我后来在大学时读的还要多。《堂吉诃德》这本书我们整整研读了两年，每天都要详细讨论书中的章节。有一天在课堂上，我读到塞万提斯笔下一个住在疯人院的人物说，只要他想下雨，雨就会下。就在那一刻，我领悟到作家在自己的作品中可以想做什么就做什么。

我们每个月举行一次地震演习，我们会戴好帽子、手套，两两一组，迅速、安静地走到楼下的玫瑰园中。每隔两三个月就会发生一次真正的地震，每次都不严重，但老师们都记得曾经发生过的那场大地震。有一次地震，我们的物理老师佩尼亚先生冲出门来，把我撞了个跟头。

在多年以后爆发的那场革命中，我的很多同学都失去了生命。他们有的在战斗中牺牲,还有些后来自杀了——因为他们熟悉的世界已经不复存在。

△ 1953 年 12 月,于圣地亚哥学院。(左起)贝亚特丽斯·雷耶斯,盖尔·雅鲁霍,洛娜·胡利·格莱斯顿(照片由她提供),康苏爱萝("康奇")·卡佩利尼,露西亚。

▽ 1954 年,新墨西哥大学

新墨西哥，阿尔伯克基，
新墨西哥大学，霍科纳厅宿舍

漂亮的校园里生长着高大的棉白杨和榆树，还有古老的土坯建筑。这里像得克萨斯一样，嶙峋崎岖的群山和宽广平展的沙漠，四面是一望无际的泛着褪色牛仔蓝的天空。我的一个室友叫苏珊娜，她的妈妈每个月都会从俄克拉荷马州给她寄来高洁丝卫生棉。那时我对一些英语短语还不熟悉，但我给智利的朋友写信，内容大意是"她跟我们不对路"。不过我和她在绿色窗帘和绿色雪尼尔床罩的选择上达成了一致。我在我那边的墙上贴了梵高的《向日葵》，我和尤塔在普孔拍的合影，我和康奇滑雪的合影，还有格兰治学校橄榄球队的合影。

美国的一切对我来说都很陌生。我上的大部分课都是大班教学，内容浮浅。我获准上高等西班牙语课，老师是拉蒙·森德，一位西班牙流亡者，也是我最喜欢的作家之一。

我误选了新闻专业。我想当作家，而不是记者。不过，我热爱我的校对工作。我自己有一把宿舍楼大门的钥匙，可以不用遵守门禁时间。

卢·苏亚雷斯是一位体育记者。他是当时学校里为数不多的墨西哥裔学生。他已经三十岁，是依据退役军人权利法案才来这里读书的。起初，我只是开心，能跟一个和蔼、风趣又敏锐的人用西班牙语交谈，可渐渐地，我们相爱了。

绝大多数人认为他们的爱情比其他任何人的爱情都更加美妙。这是我的初恋。我那时以为，所有人在坠入爱河时的感受都像我们一样。直到后来我才意识到，我们的爱真的比其他任何人的爱都更加美妙。

看门的托马斯和他的妻子艾琳娜将杂物室的钥匙给了我们。我们锁上门，顺着梯子爬到屋顶，在棉白杨树冠下铺上一张床垫。课间，工作之余，整个夜晚，我们在屋顶上做爱，聊天，直到女舍监快睡醒时才溜回宿舍。整座楼被高大的棉白杨树包围，我们躺在树枝下，窥视天上的星星和月亮。屋顶上凸出的矮墙掩护着我们，还挡住了我们用来冰镇啤酒的小冰箱和学习读书用的提灯。我们从中心街（属于66号公路的一段）对面的围场餐馆买来哈姆啤酒和汉堡包，邀请托马斯和艾琳娜到屋顶上与我们共进烛光晚餐。

即使到了冬天，我们的树荫爱巢也没有被发现，但我们得爬过屋顶，来到用油布遮挡的床上。我们在那里做爱，没完没了地谈天说地，读书给对方听。这样的生活持续了好几个月。

不知怎的，我们的事还是被女舍监发现了。她给我父母发了一封电报，告诉他们我在屋顶上与一个墨西哥人发生了性关系。一切戛然而止。

我的父母在新年当天飞了过来，在这里住了两天。他们决定夏季学期结束后就带我离开学校，去欧洲住上一年。父亲出钱让卢和我分手。卢啐在他脸上。但后来卢又跟我大吵一架。他要我马上嫁给他。而我说，我才十七岁，还没准备好，于是他把我从车上推了下去。

我一直盼望他能给我打电话，我以为某天他会再次出现在我面前，可他没有。

阿尔伯克基，铅街

几个月后，我遇到保罗·萨特曼，就在斯塔万格号轮船起航驶往欧洲之前，我们结了婚。当时我以为自己爱上他了，却完全没有意识到我嫁给他只是为了不去欧洲。我对保罗并没有对卢那般的信任和柔情。他令我敬畏。他是一位雕塑家，一个才华卓著、活力四射的男人。

我给他递杯子时会自己拿烫手的杯身，让他接过杯把手。我会提前为他熨好内裤，好让他穿着暖和。我总讲这类事，所有人都哈哈大笑，但它们都真实发生过。

我按他的要求穿着打扮，总是穿黑色或白色的衣服。我把长发染黑，每天早晨拉直。我化着浓重的眼妆，但不涂口红。他让我脸朝下趴在枕头上睡，希望以此纠正我的"主要缺陷"——翘鼻子。当然我的身体确实有个

△ 1956 年，露西亚和第一任丈夫保罗·萨特曼

▽ 1956 年，阿尔伯克基

很大的缺陷，脊柱侧弯。他第一次看到我裸露的后背时，惊叫道："天哪，你长得不对称！"

当我们坐在餐厅或酒吧里，甚至在自家的柚木桌旁时，他都会摆布我的身体。抬起我的下巴，或将它稍微转向左侧；将我的双手从桌子上拿开，让我靠在一个手肘上，另一只手张开，好像在试探有没有下雨；让我交叉或不要交叉双腿。他说我笑得太多，还说我做爱时发出太多声音。

房子里所有的家具都是保罗选定的。黑色、白色和大地色。只有黑色鸟笼里爪哇禾雀的脖子上有一撮淡淡的粉红。墙上挂着蒙德里安的画作，屋里摆着纳姆贝的白镴烟灰缸，阿科马和圣多明戈的陶器，还有一块精美的纳瓦霍地毯。我们的盘子是黑色的，不锈钢餐具都是大胆的现代风格。餐叉只有两个齿，吃意大利面时非常不方便。

为了帮保罗免除兵役，我们生了第一个孩子马克。马克只有几个月大的时候，我意外地再次怀孕了。保罗说，他唯一的解决方案是离开，于是他真的离开了。他得到了一笔经费、一个赞助人、一栋佛罗伦萨的别墅和一个铸造厂，还有一个鼻梁笔挺的新女友。

他离开的那天早晨，我做的第一件事就是把那几只

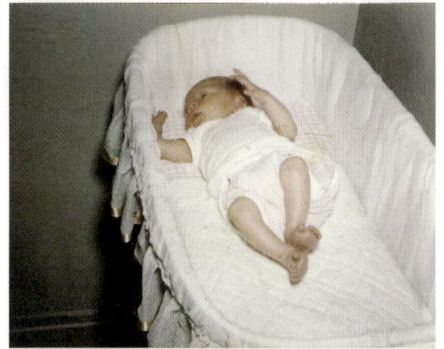

△/△△ 长子马克，生于 1956 年 9 月 30 日

▽ 保罗·萨特曼

鸟送给马路对面的一位老太太。我取下墙上蒙德里安的画作，挂上《向日葵》和猫王海报，在浅褐色的沙发上随意铺了条艳丽的墨西哥毯子。我涂上粉红色唇膏，把头发编成辫子。

保罗刚离开二十多分钟，车就抛锚了。他进门时，我正抽着从邻居家借来的烟，光脚搭在桌子上。盘子都没洗。马克穿着湿透的尿布到处爬，正把锅从橱柜里往外拽。高保真音响里放着乔·特纳的蓝调。他觉得这一切一点都不好笑。我们就此别过，再见到他时已是十六年之后。

新墨西哥，阿拉梅达，科拉莱斯路

我在生杰夫的前一天晚上遇到了雷斯。我和几个朋友一起去天际线俱乐部看普林斯·鲍比·杰克的蓝调爵士乐队的演出。欧尼·琼斯是乐队的贝斯手，雷斯·牛顿是键盘手。有人把我们介绍给雷斯时，他问道："你相信胎教吗？"

第二天早上，杰夫出生了。雷斯跟我的朋友们一起去医院看我。在接下来的几个月里，我经常见到他。他帮了我很多忙，陪马克玩，去商店购物。

他想跟我结婚，照顾我和孩子。他说："我会照顾你们的。"

我们住在一间老式土坯房里，墙壁很厚，有木质的房梁，松木地板，凹凸起伏的老旧窗玻璃。房子坐落在

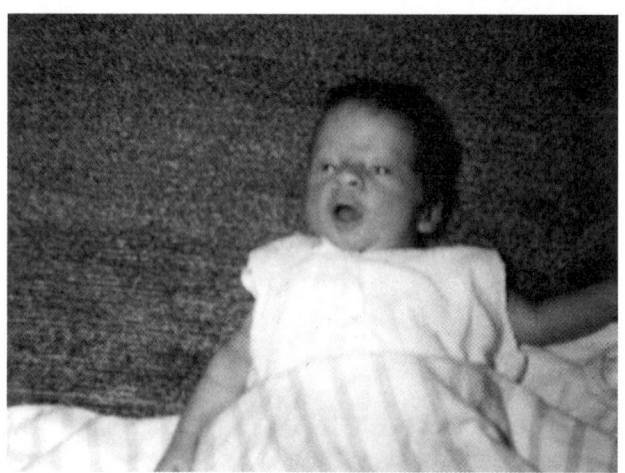

△ 带铁皮屋顶的土坯房，于阿拉梅达，科拉莱斯路

▽ 次子杰夫，于1958年4月26日出生

△ 马克和露西亚

▽ 杰夫和马克,于阿拉梅达,科拉莱斯路

一片棉白杨树林中，对面是苹果园、玉米地、苜蓿地和雄伟的桑迪亚山脉。房子周围是碧绿的田野，到处是红翅黑鹂、嘲鸫、野鸡、鹌鹑，充满生机与活力。

房子里没有冰箱，没有水槽，也没有炉灶。只有一个烧木柴的炉子，它用起来还可以，但会把厨房烤得很热。更难办的是两个婴儿都需要用尿布，屋里却没有自来水。我只能在屋外水泵旁的浴盆里给孩子洗澡，在炉子上烧开水洗碗。我们有一个户外厕所，与住在我们隔壁那间小房子里的皮特共用。皮特，唉，怎么说呢。

雷斯在欧尼家里洗澡换衣服。我只能在厨房地板上用铁盆将就着洗澡，借博比的老式绞拧洗衣机洗孩子们的尿布，或拿到第四大街的自助洗衣店里洗。

鲍勃和博比·克里利同我们住在一条路上，相隔不远。在他们家借住的还有刚从华盛顿搬来的艾德和海琳·多恩夫妇。鲍勃和艾德都是诗人，三个男人谈论音乐和诗歌，我、博比和海琳则做饭、叠衣服、照看孩子。

我们喝着加洛葡萄酒，有说有笑，一聊几个小时。其他作家和音乐家也从阿尔伯克基到这里来。艾伦·金斯堡，杰克·凯鲁亚克，格里·穆里根，迪克·特沃兹克，珀西·希思。雕塑家约翰·张伯伦来了，电影制片人斯坦·布拉哈格也来了。我们都觉得自己身处一个澎湃激荡的时代,一个属于诗歌、绘画和爵士乐的时代。我们一起听约翰·柯川和迈尔斯·戴维斯的音乐,听查尔斯·奥尔森、罗伯特·邓肯的诗朗诵录音带,看兰尼·布鲁斯的表演录像带。

但大多数时候我和两个孩子待在白色的房子里,皮特喝醉酒回家时,我们得躲着他,可水泵没有引水时,还得喊他帮忙。(有一次他用哈姆啤酒当引水。)那时候巴迪·伯林经常在下午来找雷斯和欧尼·琼斯,他吹萨克斯。炎热的下午,雷斯不在家时,巴迪经常来带我和儿子们去吃浮冰沙士。有时,他会带来满满一暖瓶的冰镇代基里酒。我们俩会一起坐在后门廊上,听查理·帕克或莱斯特·杨的歌曲。

新墨西哥,圣达菲,峡谷路

四四方方的小房子,四周环绕着鼠尾草和淡紫色的柽柳。房子带有一间厨房,里面有一台好用的煤气炉,屋里还有一台洗衣机和一个壁炉。房子足够大,能容下多恩夫妇、他们的三个孩子,还有我们一家。

艾德和雷斯上班的时候,我和海琳给孩子们读毕翠克丝·波特的童话,烤面包,缝缝补补,熨烫衣物。雷斯在峡谷路的克劳德餐厅里弹钢琴,艾德则在餐厅做领班。那时候,克劳德餐厅是家"时髦"餐厅,圣达菲的艺术家和热衷收集圣像、印第安手工艺品与珠宝的言辞诙谐的富人们是那儿的常客。

男人们回家时,我和海琳就会醒来。他们的无尾礼服上带着烟味。孩子们在客厅壁炉旁的地板上睡得正香,我们则坐在厨房餐桌旁,喝葡萄酒,吃刚烤好还热乎的面包和奶酪。两个男人边数挣到的小费,边抱怨圣达菲那些搞艺术的势利鬼,抱怨餐馆老板克劳德本人。她就像穿女装的查尔斯·劳顿。天鹅绒的纳瓦霍衬衫,南瓜花项链,长筒靴。克劳德餐厅的食物确实很棒,当然音乐和服务也没的说。可两个男人当然讨厌那里。想象一下,艾德·多恩对着顾客一口一个"先生",而雷斯一遍又一遍地弹《秋满月华》。

那年冬天我们读了很多书,包括 W. H. 赫德逊[①]和托马斯·哈代的全部作品。读书一直是我这一生中内心的慰藉。我喜欢与艾德和海琳分享书籍(雷斯一般在练琴或睡觉),大声朗读某些段落,谈论作品中的人物、地点——赫德逊的南美大草原,哈代的威塞克斯。

有时,巴迪会从阿尔伯克基开车过来找我们。每到这时,海琳会留在家里看孩子,我就和巴迪一起去克劳德餐厅,听雷斯演奏。艾德给我们递上菜单,倒上解百纳红葡萄酒,还压低声音对我说,我们这么做不厚道,最后的结果傻瓜都能猜得到。

[①] 威廉·亨利·赫德逊(William Henry Hudson, 1841—1922),英国作家、博物学家和鸟类学家,代表作有《绿厦》和《紫土》。

△ 雷斯·牛顿在圣达菲的克劳德餐厅演奏

▽ 杰夫和马克在纽约

纽约，西十三街

我认为雷斯原谅了我同巴迪的婚外情；当然这件事我们从来没有谈过。我们要去纽约开始新生活。起初，我们住在第十三街一间位于五楼的小得可笑的单间公寓里。房间亮堂，阳光明媚，打开窗可以看到一个个屋顶，屋顶上有像宣礼塔一样的通风口。鸽子和迷路的蓝色长尾鹦鹉。

到纽约的第一晚，我坐在窗边，看到一条名副其实的消防通道，瞥见砖砌建筑的缝隙间粉色的落日。别的公寓里传出人们的尖叫吵嚷或甜言蜜语，让我很激动。这才叫生活。这就是纽约！后来我才意识到，那是电视上的人在说话，我以前从来不知道还有电视这种东西。

我在公寓楼一层的一个古董商那里找到一份工作，

在版画上刷茶水或醋，涂些小斑点，把画做旧。除了古董商，整栋楼里我只见到过公寓管理员和住在我们楼下的阿米蒂奇太太——孩子们总在她的头顶上跑来跑去。哦，还有弗雷迪·格林威尔。

雷斯有一年的时间没能加入音乐家联合会，他只能在扬克斯附近的脱衣舞俱乐部，或者在新泽西和长岛的成人礼和婚礼上演奏。我们的收入大多是靠我缝制童装挣来的。我想出一个点子，给婴幼儿缝制色彩鲜艳的羊毛斗篷，然后拿到格林威治村的一家商店里出售。这些斗篷大受欢迎，于是我去第七大道搞来些边角布料，花几个小时给艳丽的羊毛斗篷缝上流苏。

每天早上，我和孩子们早早离开家，好让雷斯睡觉。我们去华盛顿广场、中央公园、自然历史博物馆。我们经常坐轮渡去斯坦顿岛，乘地铁，每次都在新站点下车，熟悉不同的街区。马克推着杰夫的婴儿车，他最爱古根海姆博物馆。

爬楼梯上五楼要花很长时间。因为要抱着杰夫，拎着婴儿车，还有从洗衣店取回的衣服，买回来的杂货，所以往往要上上下下跑很多趟。孩子们白天睡觉的时候，雷斯会弹钢琴。他好像不是在睡觉，就是在弹琴，要么就不在家，很少和我说话。晚上我做缝纫或者看书，给艾德和海琳写信，给希德交响乐节目打电话，巴迪打电话过来时，就跟他聊聊天。

马克、杰夫和露西亚在中央公园

纽约，格林威治街

太好了。我和雷斯现在亲密多了，我们又开始甜蜜地做爱，但他仍然很少跟我说话。我们去看过许多精彩的展览。罗伯特·弗兰克，理查德·迪本科恩，马克·罗斯科，阿尔佩托·贾科梅蒂。我们也听迈尔斯，比尔·埃文斯与斯科特·拉法罗，柯川，塞隆尼斯·孟克，迪兹·吉莱斯皮，等等。

一些优秀的音乐人，像韦恩·肖特、吉米·内珀、弗雷迪·格林威尔，也来到我们住的阁楼，与雷斯一起演奏。他弹得真棒。

搬到这里后，我们全家人都更开心了。雷斯可以弹琴，我也在照看孩子之余，有阅读和写作的空间。男孩们有地方跑来跑去，骑小三轮车，尽情玩耍，也不用担

△ 雷斯·牛顿，于格林威治村

▽ 露西亚，于格林威治村

△ 1960 年冬，杰夫

▽ 马克在华盛顿公园

心吵醒雷斯。我们的房间能放进一张双人床，还有一张真正的圆形餐桌。

我们的公寓在一家火腿熏制厂上方。工厂的一整面墙都装着高高的窗户，朝向哈德逊河。这地方后来成为世贸中心的一部分。那时楼对面是华盛顿市场，每到晚上，市场就会热闹起来，摆满一堆堆农产品。鲜艳的橘子、酸橙、苹果，各种水果蔬菜在市场上彻夜出售，直到早上六点。就在我们街对面，而周围其他好几个街区都是停车场，晚上和周末都空着。马克和杰夫就在停车场里骑三轮车、推小推车或拍球，下雪时就在里面滑雪橇。

孩子们的卧室从前是机械修理车间。雷斯把它改建成一个完整的儿童乐园，安装了儿童攀爬架、滑梯，还有两个秋千。他还为孩子们做了一个精美的木制玩具盒，漆成亮闪闪的红色。唉，他真是个好人，沉默寡言，心地善良。他的沉默对我来说却是一种残忍。

这间公寓之前的租户是几位画家，留下了许多巨幅画布，大多被涂抹上一条条颜色，我们就用这些画布做隔断，把房间的格局变来变去，像玩具屋一样。

楼顶就是我们的院子，上面有晾衣绳和花园，几把椅子，可以坐着远眺，看海港里的拖船和驳船，看优雅的客轮驶出港湾，俯瞰市政厅和三一教堂。

德妮丝·勒富尔托夫和米奇·古德曼夫妇带儿子搬到楼上，那是一间真正的公寓。我们都喜欢自己的新家，好奇地探索周边小区。同一条街上有富尔顿鱼市和特雷弗里奇宠物店。马克和杰夫在宠物店里找了份活干。我们在隔壁喝咖啡时，他们就在宠物店教鹦鹉说："你好，西摩！"他们俩一遍又一遍地对着鹦鹉说，一天说一个小时，直到一两个星期后，鹦鹉突然开始没完没了地尖叫："你好，西摩！"用不了几天，华尔街上就会来一个叫西摩的人，在去富尔顿街吃午餐时路过这里，他当然只能掏钱把这只鸟买下来。之后，马克和杰夫就会再找只鹦鹉开始训练。

"乔，你知道啥？"或者"跑呀，塞米，快跑！"

夜晚很安静。农产品市场在午夜开张，在那之前，街上几乎没有车辆。我常看小船和驳船顺流而下，门洞里的男人们挤在一起，传递着一瓶酒，在空油桶里生火取暖。有时，会有一个老修帆工人驾着一辆吱嘎作响的马车经过。

冬天很难熬。整个周末从五点开始就没有暖气和热水了。孩子们只好戴着耳罩和连指手套睡觉。我也戴着手套，坐在炉子边写东西。白天我们就去暖和的地方。最暖和的是布鲁克林博物馆、海顿天文馆和第十四街上的克莱因餐厅。

有一天夜里异常寒冷,我把三幅小尺寸的画钉在一起,围在炉子旁,给孩子们搭成一间"卧室"。可这样我就把自己圈在外面挨冻了,我忍不住将这句话说出声来。我正在笑话自己,巴迪来敲门了。他带来一瓶白兰地,还有四张去阿卡普尔科的机票。

墨西哥，阿卡普尔科，米拉多酒店

在我的记忆中，阿卡普尔科是以一帧帧快照的形式呈现的，就像《大象巴巴》中那些孩子般天真烂漫的图画。悬崖边上的棕榈树罩在酒店上方。孩子们穿着水手服，骑着租来的蓝色小三轮车，绕着用红帆布围出的跑道转了一圈又一圈。颜色鲜艳的出租车。有木制风扇在旋转的咖啡馆里的鹦鹉。我和巴迪坐在教堂前的铸铁长凳上，马克、杰夫和他们的一个新朋友在广场中间的草地上弹玻璃球。沙滩上的沙堡，孩子们的皮肤晒成了棕色，双手叉腰站着，拎着红色的小桶和铲子。我和巴迪在蓝白相间的沙滩休闲亭里亲吻。在卡莱塔海滨平静的海浪中，我们每个人都在欢笑。

姜和晚香玉的气味，月光和星光，海浪之声，穿过木制百叶窗钻进我们的房间。上午，我们乘坐缆车去海边的泳池。泳池砌在山岩中间，池底铺着绿色的瓷砖。海浪冲击岩石，溅起水雾洒在我们身上。我平躺在滚烫的水泥地上，视角与泳池平齐，看巴迪教孩子们游泳。就算不是为了教孩子们游泳，他也总是搂着他们，或搂着我。

我们在海滩上，在广场上，在咖啡馆里，结识了很多人。人们喜欢我们，邀我们跟他们同桌，到他们家喝茶。弗拉明戈舞者送给我们音乐会门票；一位高空秋千演员请我们去看马戏。马努埃尔是拉克夫拉达的跳水表演者，他和我们一起喝过一杯酒后，便每个星期天都邀请我们同他的妻子和孩子们一起吃蒸蛤蜊。大多数晚上，我们都和唐与玛丽亚在一起，他们成了我们多年的好友。唐和巴迪下棋的时候，我就和玛丽亚聊天，孩子们在一边画画、看书，直到睡着。

我们经常同雅克、米歇尔一起出去吃饭，这对法国夫妇的小女儿玛丽常跟马克和杰夫在海滩上玩耍。我们跟阿卡普尔科的社会名流和电影明星一起去泰迪·斯托弗家参加聚会，还跟一位墨西哥医生和他的妻子一起去听音乐会。我和孩子们在纽约的时候，我只能跟他们聊天，有时两个孩子会单独聊些什么，但在阿卡普尔科，我们三个几乎一直说个不停，用英语和西班牙语……孩子们

△ 1961 年，墨西哥，阿卡普尔科

▽ 露西亚、杰夫和马克在阿卡普尔科

甚至还会用法语聊天!每个人都在见面时拥抱我们,在分别时亲吻我们。

就在我们刚到墨西哥的时候,我在一天夜里醒来,发现巴迪不在我身边。睡眼惺忪,我走进卫生间,发现他正在注射海洛因。我并不怎么震惊,因为那时我还不知道海洛因是什么,不知道上瘾是怎么回事。巴迪说他会戒的,尽管可能会有几天难熬的日子。

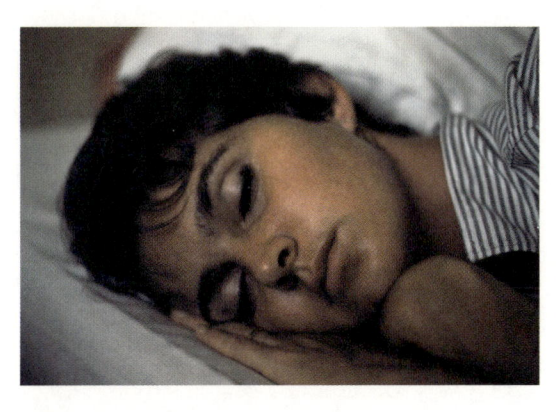

墨西哥,阿卡普尔科

于是我们只得告诉别人，巴迪是严重的食物中毒。我告诉医生朋友，巴迪闹肚子。他没有给我开复方樟脑酊，而是让巴迪喝茶，吃苹果。雅克和米歇尔带孩子们去划船，在海滩上玩了好几天。之后，我们去海边的游泳池，那里通常人迹寥落。男孩们一次又一次跃入池中，一玩就是几个小时。我们还一起玩大富翁，吃鸡肉玉米卷饼，喝柠檬水。巴迪在阳光下裹着浴巾，身体剧烈颤抖。

他终于好转，之后的几个星期，日子过得忙碌而慵懒，那几个星期真是让人心里暖洋洋的。海洛因事件只是个可怕瞬间。几个月后，我们准备返回在新墨西哥州的家。我要去和雷斯离婚，然后跟巴迪结婚。

多年来，巴迪和妻子乌扎在漫游中度日，主要在西班牙，花的是妻子的钱。他在西班牙学过斗牛，吹萨克斯，开保时捷敞篷车飙车。最后乌扎坚持要他做点正经事；于是凭借她的资助，他拿到了大众汽车在西部地区的首批特许经营权。那时候，为数不多的大众车司机在路上遇到时，还会互相挥手致意。

在接下来的短短几年内，巴迪赚了很多钱，很快就还清了妻子给他的借款，他根本用不着再做任何事情了。

巴迪喜欢享受，也懂得享受。他喜欢与人结交，喜欢听音乐、看书、欣赏绘画。接下来他又把热情转向印第安人的文化和历史，摄影和飞行。哦，还有我们仨。

我们当时以为，爱会保护我们不受海洛因的伤害，以为我们正在开启新的生活。

内特·毕肖普开着那架因减税而新买的比奇富豪飞机接我们回去，巴迪要学会开这架飞机。

也许就是这个原因，我们买下了"巴巴"，那架玩具般的红色小飞机。我们在城市上方低空盘旋，美丽的海湾，白色的沙滩，瓦屋顶，棕榈树和蜡笔蓝的大海。哦，在那里我们都很开心，还有那位老太太和那只猴子做伴。

离开阿尔伯克基一个小时后，巴迪开始发抖。他流鼻涕，双腿抽筋。飞机一着陆，他就匆匆跑去打电话了。

巴迪·伯林在阿卡普尔科

新墨西哥，阿尔伯克基，伊迪斯大道

一栋杂乱无序、不断扩建的土砖建筑，大部分房间都有壁炉。几年时间内，我们在不同楼层的不同方向逐渐加盖了卧室、浴室、食品储藏室和书房，每个新房间都有同样的三英尺厚的墙壁，还有朝向游泳池和花园的高大窗户。前门通向铺着木地板的宽大厨房和房子的主厅。这里曾是一座大庄园，周围有大片大片的牧场。现在它隐匿在一片工业区中，附近有几个木材堆置场和金属板材车间，房子一边是汽车零部件弃置场，另一边是校车停车场。在我们后面的一间小房子里住着卢塞洛斯一家，他家有两个十几岁的孩子，养着一头母牛和成群的鸡鸭。

我在这里懂得了恐惧的滋味。我对毒贩的恐惧，对

△ 1962 年，新墨西哥，阿尔伯克基，伊迪斯大道

▽ 露西亚，于伊迪斯大道

毒品的恐惧，毒贩对缉毒警的恐惧，他们对彼此的恐惧和对搞不到毒品的恐惧。这所房子的位置本来就很隐秘，厚厚的墙壁把一切声音都挡在外面，于是更增添了一种总在躲躲藏藏、偷偷摸摸的感觉。随毒瘾而来的是躲避、说谎和怀疑。"现在你只要一看我的眼睛，就能看出它们是不是缩成针尖了。"他说。果然如此。

在伊迪斯大道住的前几年，巴迪对海洛因一直吸了戒，戒了吸，我们也随之时而天堂，时而地狱。他一次次地吸毒又戒毒，每一次我都发誓，这是最后一次容忍了。

巴迪不仅仅善于捕获人心或散发魅力。好吧，没错，他性感迷人，敏锐机智。他的活力照亮了他走进的每一个房间。孩子们看到他时，不只是打个招呼："你好，爸爸！"而是立即扑过去，抚摸他，拥抱他。我也是这样。

我们翻山越岭，去探访阿科马和班德利尔，梅萨维德，参加印第安人的舞会、仪式和帕瓦聚会①。在谢伊峡谷和查科露营。深夜在星空下醒来，悬想从前那里的生活是什么样的。

那时我们有很多好朋友。比尔和玛莎·伊斯特莱克，

---

① Powwows，美洲土著的一种聚会，包括宗教仪式、歌舞和盛宴等活动。

克里利夫妇，住在陶斯的丽兹和杰伊。巴迪取得了飞行执照。我们都喜欢那架飞机。傍晚，我们向夕阳飞去，红色和橙色的积云缭绕在我们周围，我们飞啊飞，追着彩云向西飞去。巴迪时常飞到波卡特洛去看望多恩一家，或飞去接他们过来。我们还飞过几趟波士顿，去看望巴迪的家人。我们降落在没有高速公路经过的小镇上加油，那里的居民从没见过游客，仿佛是被封存在了另一个时代。阿米什人的小镇是一个典型的例子，而堪萨斯和田纳西的其他偏远城镇仿佛拥有自己的语言，我们看他们很奇怪，他们看我们也同样奇怪。我们有时得降落在供洒农药的飞机起降的小机场加油，那里只有一个油箱和一个风向袋。然后再搭皮卡到镇上的咖啡馆。在咖啡馆里，巴迪甚至能让当地最多疑的农民对他产生好感，开始跟我们聊天。

我们经常飞到巴亚尔塔港，那时候它是个没有公路、没有商业航班的小镇。夏天，当天空中的云朵如波涛般涌动时，我们一家四口会坐着那架富豪飞上天空，去看阿尔伯克基上空的夕阳，低空飞过被落日映得火红的山麓，然后倾斜飞行，追逐着一缕缕一团团彩色的晚霞，一直飞到亚利桑那，然后赶在夜幕降临之前折返。每次我们一着陆，孩子们便睡着了。

△ 露西亚，于伊迪斯大道

▽ 伯林一家和多恩一家

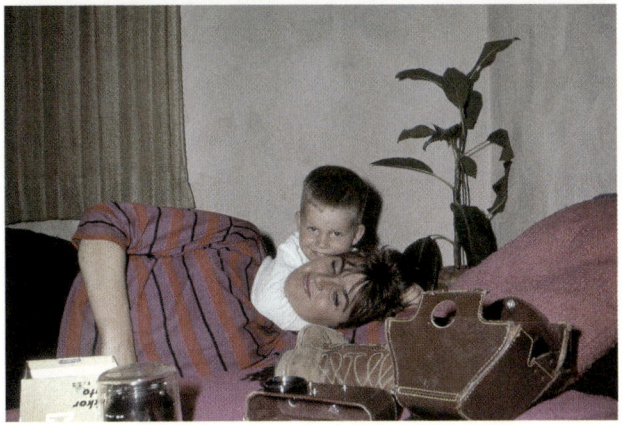

△ 巴迪、杰夫和马克

▽ 露西亚和杰夫

在伊迪斯大道的夏天，我们烧烤，举办大型聚会，吃从缅因州运来的龙虾和蛤蜊。泳池里总是挤满孩子。孩子们和他们的朋友会在我们家周围的沙漠和垃圾场里一直玩到天黑。

巴迪吸毒的时候，我们家就变成一座地堡，房门总是紧锁着。我会推说"巴迪病了"，就像以前梅蜜常做的那样。只有茱尼或弗兰基、纳乔、皮特、"面条"会来。巴迪去工作、去银行时，那些捕猎者般的毒贩就会跟着他。晚上他们来敲我们家的门。低语。黑暗中刺耳的笑声。

大卫出生了。巴迪只能自己跑回家过毒瘾，丢下我一个人躺在医院里，于是这成了我第二次生孩子时"没有丈夫握着我的手"。但他还是为我们美丽的宝宝欢喜若狂，拼命想把毒瘾戒干净。在那个年代，你只要被发现身上有针眼，就会被关进监狱，也没有针对吸毒成瘾的治疗方案。大卫刚出生几个星期，我们便去了西雅图，据说那里有位医生，可以给染上毒瘾的人换血，在新血液中加入辅酶，以此治疗毒瘾。那是噩梦般的一个星期，在一个小到令人窒息的房间里，血顺着输液管从早到晚滴入他的胳膊中。

但在奥林匹亚酒店的那几个夜晚是甜蜜的……我们

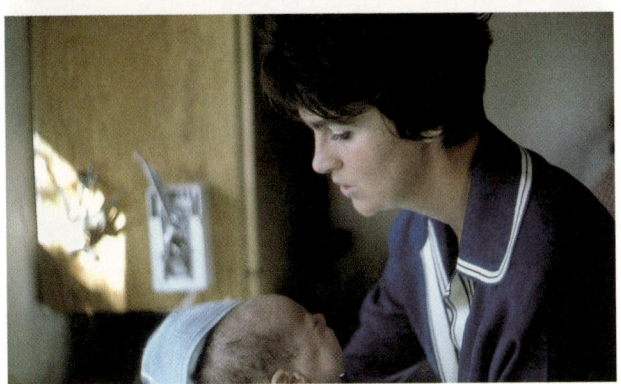

△ 露西亚，于巴亚尔塔港

▽ 三子大卫，出生于 1962 年 9 月 20 日

俩搂着刚出生的宝宝，彻夜聊天。我们计划搬到墨西哥，去巴亚尔塔港，远离毒贩。在家里给孩子们上课，在远离暴力、贪婪、种族主义和消费主义的环境中将他们抚养长大。我们要过一种简单、洁净、充满爱的生活。

△ 1963 年，露西亚和大卫

▽ 露西亚和孩子们，于阿尔伯克基

墨西哥,哈利斯科,耶拉帕

关于我们在巴亚尔塔港南边村庄的那栋房子,我曾经这样写道:

房子的地板上铺着洁白的细沙。早晨,我和女佣碧拉把沙子耙开扫一遍,检查有没有蝎子,再把沙子扫平。之后那一个小时,我会对儿子们喊:"别踩我的地!"仿佛那是刚打过蜡的油地毡。每过六个月,独眼路易斯就会赶着骡子驮来一袋袋沙子,无数趟到海滩运回被海水冲上来的亮闪闪的新鲜白沙。

那栋房子是帕拉帕[①],屋顶用棕榈叶盖成。有三片屋顶,因为棚屋有个高高的矩形结构,两头还各接一个半

[①] 用棕榈叶做屋顶、用木材支撑的开放式房屋,由菲律宾传入墨西哥西海岸。

圆。这所屋子具有维多利亚时代古老渡船般的威严，因此得名"梦幻之船"。棚内凉爽宜人，棚顶宽阔，用高高的硬木房柱支撑，横梁用木薯藤捆扎固定。这所房舍就像一座大教堂，尤其在夜晚，透过棚屋连接处如同天窗般的缝隙，星星月亮在夜空中幽幽地闪着光。除了顶楼下方的一间土坯房外，棚内再没有别的墙了。

我和巴迪睡在顶楼的床垫上，顶楼是一间用棕榈树叶脉编成的大阁楼。天冷的时候，三个男孩都睡在土坯房内，但通常情况下，马克睡在宽阔客厅中的吊床上，杰夫睡在外面那株曼陀罗花旁。曼陀罗日夜繁花怒放，

耶拉帕的沙滩和潟湖

白色的花朵沉沉地低垂着；到夜晚，在月光和星光的辉映下，花瓣反射着银子般乳白色的幽光，醉人的芳香弥漫全屋，一直飘散到外面的潟湖上。

其他花大都没有香味，不会招来蚂蚁。九重葛和扶桑花，美人蕉、紫茉莉、凤仙花、百日菊。紫罗兰、栀子花与玫瑰则芳香扑鼻，令人眩晕，引来各色蝴蝶，增添勃勃生机。

晚上，我和邻居泰奥多拉提着灯笼在花园内和椰林间巡视，杀死成群结队爬得飞快的切叶蚁，还往蚂蚁窝里倒煤油。这些蚂蚁吃我们种的西红柿和青豆，莴苣和南瓜。泰奥多拉教我在新月时栽种，在满月时修剪，要是芒果树不结果的话，就得把一罐罐水挂在矮枝上。

杰夫和马克的算术和拼写水平处于一年级到五年级之间。杰夫喜欢做分数和小数题，这些对我和马克来说却像谜一样。马克什么书都读，从儿童读物到《我，克劳狄乌斯》。每天早上，男孩们坐在宽大的木桌前上课。他们光着棕色的脊梁俯在印着大理石花纹的习字本和大酋长宽格练习本上，写写画画，叹气，咯咯地笑。

房子建在河岸一片椰林的边缘。河对面是耶拉帕的海滩和美妙至极的小海湾。从海滩爬上岩石，翻到小山南边，就到了村子，它坐落在一片小海湾上方。海湾被

△ 耶拉帕的家,"梦幻之船"

▽ 大卫在耶拉帕的潟湖中

高耸的群山环绕,因而没有通往耶拉帕的道路。骑马走小路穿越密林,到图伊托,到查卡拉,需要好几个小时。

那条河一年四季变动不居。有时很深,水流急,呈绿色,有时只剩下一条小溪。有时,随潮汐变化,海滩会封闭起来,于是河流变成潟湖。如今是一年中最好的时节,有鸭子、青鹭和白鹭。男孩们划独木舟,撒网捕鱼,为海滩上的乘客摆渡,在外面一待就是几个小时。就连大卫也会划独木舟了,虽然他才三岁。

雨季开始后,河里涨水了,起初是奔涌的激流。裹挟着粗壮的花枝、橘树枝、死鸡,有一次还冲来一头母牛。浑浊的河水打着旋,喘着粗气,吸吮着沙子,冲破海滩,又盘旋着汇入碧蓝色的海洋。日子一天天过去,河水渐渐变得清澈甘甜,温暖的石底水塘里积满了水,可以在里面洗澡、洗东西。

我们的花园日渐繁茂。巴迪和孩子们叉鱼,捕龙虾,挖蛤蜊。我们融入村庄、海湾和周围的丛林;每一天都很充实,每一天都很恬静。

清晨,我们被镇上传来的几百只公鸡的打鸣声和泰奥多拉家母鸡的叽叽喳喳声唤醒。男孩们坐在桌边吃燕麦粥,我和巴迪坐在花园里喝加奶咖啡,花园四周围着护花的栅栏。海鸥大声拍打着翅膀,高叫着飞来,时不时会快速扇动翅膀飞向河面高处，然后俯冲回来，再四散向海上飞去。它们一遍又一遍叫着："醒醒，一切安好！"在随后一年左右的时间里，每当清晨海鸥飞来，我和巴迪都会四目凝视，确认我们心中的幸福和感激之情，我们太害怕，不敢大声说出口。后来，我们不再对视，据我所知，海鸥也不再飞来了。

先是佩吉寄来一个小盒子，里面装着十二小瓶纯吗啡。"送给巴迪的一点小礼物。"

佩吉一个人住在山顶上一栋漂亮的房子里。每天大部分时间，她都用高倍望远镜观察，查看有没有名人来到海滩，好邀请他们到她家里做客，查看周围发生的一

杰夫、大卫和露西亚在沙滩上

切。她肯定看到过我的孩子们和村里其他男孩一起踢足球,在海滩上骑马,和胡安尼托一起去上游帮他的爸爸采摘咖啡豆。她肯定看到过孩子们比赛划独木舟,听到他们的笑声在水面上回荡。她肯定看到过我们在美丽的花园里和朋友们交谈,看到我们在沙滩上躺着。她肯定看到过我和巴迪亲吻,肯定看出我们有多幸福。她怎么忍心寄给他那个盒子呢?

于是,仿佛毒瘾发出响亮的心跳信号,毒贩又开始出现了。蒂诺或维克多,或亚历杭德罗。个个年轻帅气,都做过沙滩男孩。既精明又卑鄙。花园里的低语,曼陀罗树旁黑影里的刺耳笑声。

墨西哥南部，大众面包车

我们的大众面包车配备了保时捷发动机，还做了别的改装，可以在墨西哥崎岖的道路上行驶。我和巴迪改装了后部，把整个后座改成一张舒适的床，还挂上了大卫的吊床。打开两扇车门，能看到床下面的橱柜。提灯，书，蜡笔，水，食物，冰箱和科尔曼便携炉都伸手可及。我们有几个吊床，可以挂起来，让自己像在家里一样舒适，甚至可以趁孩子们在沙滩上或森林中玩耍时小睡片刻。

我们前往危地马拉续签旅游许可证。我们要远离海洛因。但并不着急赶路。我们在瓜达拉哈拉逗留了几天，早上去市场，吃烩羊肉，在一排排摊位间漫步，仿佛是在参观博物馆。每个摊位的布置都显得品位不俗，富有艺术性，无论是南瓜花、成辫的大蒜、绘着复杂图案的鸟笼（里面有数十种鸟）、粉绿两色的糖果，还是皮条编织的凉鞋。

博物馆正举办亨利·摩尔的展览。科尔多维斯在斗牛场表演。巴迪认为他太爱炫技，简直不顾脸面，但是孩子们都为那华丽、惊险、优雅的场面兴奋不已。我们在一家漂亮的老酒店里住下，吃乳鸽、豌豆、讲究的墨西哥菜。我们从那里出发，赶往阿吉吉克。那里有家不错的膳宿公寓，但是住着很多美国人，还都醉醺醺的，所以好几天我们都在户外野营。我们就这样向危地马拉进发。有时在河边树林中睡下，有时在城镇或值得探索的小废墟附近露宿。而所谓探索，不过是爬上爬下，绕着转上几圈，聊聊它们以前是什么样，假装每个人都回到了过去。

我们在特奥蒂瓦坎附近度过了几天快乐的露营时光。在旅途中，我朗读贝尔纳·迪亚兹的作品，所以这地方对我们所有人来说都很真实。马克和杰夫都为莫克特苏马的背叛而哭泣……他是他们的英雄。我们探索了所有寺庙，还在博物馆里参观了几个小时。我们轮流抱着大卫或用婴儿车推着他。他在这次旅行中很让人头疼。他习惯了自由奔跑，不受阻碍甚至不裹尿布，整日跑个不停，

墨西哥南部

△ 瓦哈卡

▽ 露西亚在瓦哈卡

直到晚上累倒。我们在某处停车时,他便在广场或咖啡馆里快乐地跑来跑去。他长得十分漂亮,人们都过来与我们攀谈;我们因为他交了很多朋友。有几次印第安人在他的额头上画十字。许多女人会亲吻他,叫他"小可怜"——这么可爱,却不得不生活在这个残酷的世界中。人们会把他借走,带他去厨房里或者广场上玩。

我们的旅行很顺利。谢天谢地,车一开起来大卫就睡着了。孩子们填色、读书,或与我和巴迪一起玩游戏。我会给巴迪读文章或诗歌,我们聊天,大笑。只要我们当中有一个人说:"咱们在这里停一下吧!"巴迪就会

杰夫(右下)在瓦哈卡

说:"好,下车吧!"然后大家就会下车,欣赏风景,在美丽的海边游泳,全家人在路边小摊上吃脑花塔可,看白马在田野里悠然奔跑。巴迪身上有种热情……他全身心投入生活,投入一切。我能理解他吸毒的理由。我讨厌毒品将他从我们身边夺走。

在看到阿尔班山遗址或米特拉遗址之前,我们就已经爱上了瓦哈卡。米斯特克人温柔的面庞,工人们衬衫上的淡粉色和淡绿色,岩石和泥土的颜色。这个地方古老的真实。我们在广场上的老殖民地旅馆过了一夜,吃用香蕉叶包的虾肉玉米粽。我们整夜都在广场上,听人弹奏马林巴琴。我和巴迪带着大卫坐在铸铁长凳上,马克和杰夫同两个男孩一起弹玻璃球。小贩们向我们兜售陶器,纺织品;孩子们向我们兜售口香糖。他们的声音和广场上漫步的情侣们的喁喁私语如同鸟鸣——萨波特克人和米斯特克人说话轻快,抑扬顿挫,低声细语,非常悦耳。比莉·哈乐黛用这种鸟鸣般的声音演唱着"爱多美——丽——"[1]。有个米特斯克女人会给我看她的珠宝,或抚摸我的脸颊,用同样慢悠悠的声音说出"美丽"这个词。

---

[1] 歌词出自比莉·哈乐黛演唱的歌曲《然而,很美》,此处稍有改动。原文为"Love is bee-yu-ti-fal",是作者在模仿比莉·哈乐黛演唱时的发音。

我们第二天早上离开。这次我们急着走,是因为想再回来,回到这些优雅、亲切又善良的人们身边,回到这个高贵得令人梦牵魂绕的地方。

恰帕斯，不知名的村庄，酒店

我们在边境更新了旅客信息卡。我们原计划去危地马拉旅行，去湖边，参观那里的遗迹。但是天开始下雨，巴迪的毒品用光了，孩子们都得了流感，我以为是流感，但实际比我想的更糟糕——是登革热。

我冒雨开着车，在湿滑泥泞的地上前进；所有人都在呻吟、呕吐。最后，我们到达一座村庄。我停在第一栋土坯房前，询问有没有可以留宿的地方。老人和他的妻子摇头。他们说我们可以待在他们的棚子里，等雨后路可以通行时再走。棚子在谷仓里，就在畜栏外。所有东西都是湿乎乎的，雨还在哗哗下着。又冷又湿，再加上些新的气味，鸡粪、牛粪、马粪、羊粪。棚子里太脏，我们没法坐，不过有大些的地方可以给大卫换尿布。我

△ 1965 年 10 月 21 日，四子丹尼尔

▽ 1966 年，于新墨西哥，科拉莱斯路

剪开布料，帮大家擦净身上的秽物，他们都上吐下泻。巴迪蜷缩着躺在前座，身体剧烈地抖着*

*露西亚去世时，最后一章尚未完成。

1966年，于伊迪斯大道

我住过的所有房屋里的麻烦

露西亚终其一生都将她住过的十八个不同地方称作"家"。以下是她在二十世纪八十年代末列出的清单,上面详细列举了那些住处存在的问题和隐患。

阿拉斯加,朱诺——我出生那天发生了雪崩,大雪毁掉了三分之一的城镇。

蒙大拿,鹿栈——没有暖气,只有火炉。地震。

蒙大拿,海伦娜——地窖门上有木刺。暴风雪。

爱达荷,穆兰——门外面就是河,在外面玩太危险。旁边就是磨坊。不能出门。洪水。

爱达荷,阳光矿——墙薄如纸。妈妈哭个没完。柴炉直冒烟。雪崩。

得克萨斯，埃尔帕索——蟑螂，走廊昏暗，三个刻薄的酒鬼。干旱。洪水。

亚利桑那，巴塔哥尼亚——蝙蝠飞进屋里，翅膀打在人脸上，让人害怕。蝗灾。

智利首都圣地亚哥——女仆们，从早到晚。地震。两场洪水。

新墨西哥，阿尔伯克基，玫瑰街——沙尘暴。死在苹果园里的老人。

新墨西哥，阿尔伯克基，铅街——爱德华·艾比曾经在房子里住过。只有一个火炉还能用。肮脏。

新墨西哥，阿尔伯克基，机场旁的梅萨街——飞机。

新墨西哥，阿尔伯克基，科拉莱斯路——没有自来水，没有电，没有浴室。两个需要包尿布的孩子。

新墨西哥，圣达菲——马德雷水渠。两个孩子。

纽约，第十三街——需要爬五楼。两个孩子，都不会走路。暴风雪，所有街道都封闭了，真是奇事。罗斯科。

纽约，格林威治街——周末五点之后没有暖气。孩子们戴着耳罩和连指手套入睡。我戴着手套打字。楼下有火腿厂，如今二十五年过去，我的那部 W. H. 赫德逊还有一股火腿味。

墨西哥，阿卡普尔科——度蜜月。下了三个星期的雨。洪水，痢疾，马克触电，更多洪水。

新墨西哥，阿尔伯克基，伊迪斯街——水质很硬，地板塌陷，水井干了。所有邻居家的鸭子都跳进了我家的泳池。

墨西哥，巴亚尔塔港——太多女仆，毒贩。恐惧。

墨西哥，瓦哈卡——隔壁有一群山羊。发霉。在阿尔班山上被雷击。

墨西哥，耶拉帕——鲨鱼，蝎子，椰子林——砰砰——三个孩子。飓风。

新墨西哥，科拉莱斯路——豪宅。三间浴室。垃圾处理机坏了，洗衣机坏了，洗碗机坏了。百日菊无法生长。玫瑰也无法生长。

新墨西哥，科拉莱斯路，白屋——水泵坏了，水井干了，电线烧了，鸡死了，兔子死了，白蚁，山羊腿断了。只好杀掉。下雨，地窖被淹，楼梯扶手塌了，屋顶塌了。新买的鸡死了。

新墨西哥，阿尔伯克基，普林斯顿街——屋顶塌了。被赶走。

新墨西哥，阿尔伯克基，格里戈斯路——房子一不小心着火了。

加利福尼亚，伯克利，罗素街——八个人，两间卧室。厕所堵了。下水道坏了。被赶走。

加利福尼亚，奥克兰，电报大道——窗户破了。警察待了一整夜。

加利福尼亚，奥克兰，里士满街——蚊子。警察。隔壁失火。被赶走。

加利福尼亚，奥克兰，阿尔卡特拉兹大道——疯狂的女房东。警笛不断。被赶走。

加利福尼亚，伯克利，贝特曼街——房子很完美，有花园。下雨了，屋顶塌了。

加利福尼亚，奥克兰，第六十五街——"杰克盒子"[①]营业到深夜两点。

加利福尼亚，伍德兰——热浪，蜡烛融化了，空调坏了。R太偏执，不肯开窗户，直到我看窗外一个骑马经过的男人时，他把电话从窗户扔了出去。

加利福尼亚，奥克兰，摄政街——屋里一片漆黑。只有晚上邻居家的照明灯照亮我的房间时才有光，就像在索莱达。黑暗再次来临时，我就知道天亮了。

加利福尼亚，奥克兰，阿尔卡特拉兹大道——没发生过任何灾难。目前。

[①] Jack in the Box，美国连锁快餐店。

1982 年，于加利福尼亚，伯克利，贝特曼街

书信选

(1944—1965)

1944 年 11 月
海外

得克萨斯州，埃尔帕索市
厄普森街

我心爱的露西亚：

非常感谢你的贴心来信。很抱歉我没有经常给你写信。你在雷德福那么忙碌，我在这里却几乎没什么可写的。我只想告诉你我是多么多么想见到你那可爱的脸庞，想听你说说笑笑。我离家的每一分钟都想念你，想念莫莉和妈妈，只等着能回家的那一天。

你现在八岁了，你觉得自己很喜欢这样。啊，你都快成大姑娘了，对不对？我多希望能在你身边，看着你，听你讲学校、朋友，还有你的开心事。可现在爸爸在很远很远的地方，在一场战争中帮忙，好让世界一直干净美好，让世界上所有的露西亚和所有的莫莉都能过上好日子。

眼下许多人正在负伤、死去，他们希望孩子们能在他们期望的理想世界中长大。

而孩子们也不会让他们失望。孩子们会长大，成为优秀、诚实、善良的人。他们绝不会偷偷摸摸地做坏事，因为他们太优秀、太骄傲了。而且，假如他们知道自己的诚实和善良已经被肮脏和丑陋取代，他们的内心就永远不会再歌唱，也不会再快乐了。有时候，青少年很难分辨什么是好、什么是坏，他们必须在成长中学习，就像你要学习拼写和阅读一样。

要想成长为一个美好、优秀、善良的人，我们有很多东西可以学习。其中之一就是耶稣的生平，还有你在成长过程中会读到的许许多多的好书。妈妈也是你的老师，爸爸也是。当你遇到困难或不懂的问题时，他们就在你身边（总有一天，我也会回到你身边）帮助你。但我认为，最伟大的老师是你自己的心。如果你感到心轻盈得快要飞起来，想要放声歌唱，那就说明你是好人，在做善事。假如你感到心中黑暗、肮脏、羞愧，那就说明你做了错事。

露西亚，我之所以写这封信给你，是因为我离你太远，不能像以前那样和你说话谈心。我突然想到，在这场战争中，你几乎是在没有爸爸陪伴的情况下长大。我希望你知道，你现在已经是家中年轻的女主人，是家庭的一员，我们想要成为全世界最美好、最幸福的家庭。尽管也许我们今年住在高山之巅，明年又住在黑暗的峡谷，但是我们美丽的家将建在全家人的心中。有位伟大的作家曾经说过，也许无数黄金和美丽的皮毛能掩盖许多邪恶，可即便是破衣烂衫和尘土，也藏不住一颗美丽的心灵。

希望你们度过一个愉快的圣诞节，如果一切顺利，我有望在年初与你们匆匆见上一面。露西亚，愿上帝保佑你，保佑你健康、坚强、美丽。

永远爱你的爸爸

又及：替我吻吻妈妈和莫莉。

1947年3月6日
得克萨斯州，埃尔帕索市
厄普森街713号
（11岁）

亚利桑那州，巴塔哥尼亚
特伦奇矿（收）

亲爱的爸爸：

我很抱歉没有早点给你写信，因为我最近很忙（忙着玩）。我们非常想念你。

哎呀我的天，我被分到了七年级低班，因为六年级的学生还在做五年级的作业。我决定成为一个歌手，因为我们唱歌时很开心。

梅布尔怎么样了？我听说她现在是你最好的朋友。我希望本尼不要长成一只公猫。狗总是在这儿打架，真不知道该怎么办才好。

我们今天去听了交响乐。巴克小姐让我们提前到。结果我们到得太早了，于是去杂货店买了瓶可乐，然后去了折扣商店，还去了自由厅。

管弦乐队的队形很难看。所有乐手都搅和在一起。不是小提琴手在一个区，长号手在一个区，长笛手在一个区（一个区，一个区，以此类推），而是所有人混坐在一起。而且男女乐手穿的衣服颜色也不一样。唯一的优点就是音乐好听，当然这也是唯一重要的东西。我们的位置很好。

现在这里的好电影不多。我看过一部叫《红房子》的，非常好看。有个片子应该很不错，但是我去不了，也不想去。片名是《不法之徒》，但我不知道它是好看还是肮脏。

只要记住，我们都很爱你，非常想念你。

    很爱很爱你的真心的露西亚

> 1954 年（秋）
> 新墨西哥州，阿尔伯克基市
> 新墨西哥大学，马龙宿舍
> （17 岁）
>
> 科罗拉多州，赫斯珀勒斯市
> 路易斯堡学院（收）

亲爱的洛娜：

你好，你这讨厌的坏丫头……我二十号回到学校，发现了好几封情绪激昂、充满愤怒的信。我们这儿开了个客座音乐家的培训班，马龙宿舍被占领了，而后又有一项联邦住房管理局的项目，于是我们都得搬离三个星期……没给你写信是我太差劲，我不愿再解释……

我会把那三美元寄还给你，你可真是救了我一命。下个月我就把钱寄给你……搬家让我很生气，因为我本想让你来，还邀请了你。我期待着你八月来，但我只在这里待了一个星期，然后就去了洛杉矶，度过了一段美好的时光……猜猜我和谁约会了，那可是个大人物……电影《独行侠》里的唐托①……每个人都说："天哪，你能和唐托约会，真是太棒了！"我都要笑死了，对了，他真名叫杰伊……我的表姐在电视台工作，所以我了解到很多乱七八糟的事，摄影棚之类的，一切都很好玩……我最喜欢《独行侠》的摄影棚……就像一座大型体育馆……有西部风格的旅店、住宅、乡村商店和酒吧……到处是奔跑的马、扮演牛仔的临时演员（棒极了）、马粪等等……一个摄像师掉了东西，骂了句该死。我问他这句话是在哪里听来的，结果发现他当过水手，在瓦尔波②学会的……（文化的传播）……我们聊了好几个小时。每个人都对我很好，给我解释我不懂的事，把我介绍给别人什么的。你还记不记得我那个非常漂亮的表姐？她嫁给了（其实没有）一个长得和丹尼一**模一样**的男人，只是又高又帅……看起来就像拉长版的丹尼……看见他我都快激动死了，于是我就一直那么盯着他看。

唉，真倒霉！洛娜，你还有钱吗？我真希望你能打电话给我，我会在十一月一日把钱还给你。我沮丧得要命……我以前从没有遇到过这种事……我爱卢，我们仍

---

① Tonto，电影《独行侠》（*The Lone Ranger*）中的印第安勇士。
② Valpo，瓦尔帕莱索的简称。

然在一起，但突然间我有了野心，我想完成学业，我想做很多很多事……我从没想过学业会成为我和一个男人之间的障碍……我真为自己感到骄傲……在暑期班得了两个优……我喜欢这样想：去做一些令我自豪的事情，为这些事努力，你懂的……假如我还在智利圣地亚哥，这个想法会和我的智利性格不匹配，但现在我的想法变了，我很害怕，担心这样想可能不太好。一想到冰箱、冷冻柜和杂货账单（不管你到底是怎么拼写这个词的），我就烦得不得了。

你猜怎么着……现在我是马龙宿舍的学监，必须用鞭子对付这些吵吵闹闹的怪物。

你有丹尼的消息吗？我昨晚梦到他了，他戴着一顶海军帽，帽子上插着一朵粉红色的玫瑰。今天我收到了莱昂内尔的来信……我已经完全把他忘了，能收到他的来信真是太好了……你知道有时他真是让人爱恨交加。是的，我心情很好，写了一封很长的信。

索尼娅·洛瓦尔德有一辆车……她变得一天比一天世故。

我写了十九个小时，哲学、心理学、俄罗斯小说、政府、新闻写作、西班牙当代小说、艺术史……总共六篇学期论文，我都快疯了。

前几天我犯蠢……郁闷得要死，于是开了一个赊购账户，这就是为什么我破产了……我分期付款买了一件外套……我不知道自己为什么要这么做，只是觉得这是我做过最让我振奋的事。外套是直身的，袖子样式怪异，下摆很薄，前胸有两个大口袋……我穿上它就像个白痴，可感觉自己特别时髦。

玛莉索在圣地亚哥学院工作……你能想象得到吗？我肯定她永远不会结婚。康奇正和一个叫杰米·格林的人交往（我想这些你都知道了）。

该死，洛娜……哦，我忘了告诉你……一天早上，卢的弟弟伯尼不见了，留下一张纸条，说他加入了海军……此后杳无音信……（这是七月的事）。唐·罗伊，就是和艾琳·巴克谈过一阵子的那个家伙，离婚了，声称还爱着艾琳。你的旧爱米奇老是打听那个性感的智利小妞。我并没有见过他，但他和卢在同一栋楼里工作，卢也尽量躲着他。他过去在《论坛报》的办公室工作，但编辑对他讨厌至极，让他一个人搬到顶楼的一个小房间里。托尼还好。他问起你来。你是我听他说过他唯一喜欢的女孩。卢让我向你问好。洛娜，我真爱卢这浑蛋，真的。我应该说，我只是被我想在生活中得到或向生活索取的东西搞得晕头转向了。

我们今天拿老鼠做实验。弄来的那只老鼠快要饿死了，而且好几个星期没见过母老鼠了……我们给它两个选择，要食物还是要母老鼠……猜猜这只卑鄙的老鼠选了什么？食物。这一切都证明，如果我们用做爱来代替早餐、午餐和晚餐，那我们很可能都得饿死，而如果我们认为选食物是不道德的，我们就会讲关于卷心菜的下流笑话……想象一下，一个人说"来吧，就一根巧克力棒！"或者"让我们共进洋蓟！"。

快半夜了，我六点钟就得起床……我小小的职责之一就是（穿着制服）熬到十一点，然后六点起床……锁门，开门，检查房间……我感觉自己像狱卒或老鸨，两者之一。

我又有了个室友……这人真的很不错。戏剧专业，表演棒极了。三十五个女生一起竞争，其中二十个是四年级的，而她竟然拿到了《她不会被烧死》[1]的主角，她这辈子还从来没演过戏呢。

好吧，我的朋友……我只是写信告诉你，不管你有什么误会，我都很抱歉，因为我非常想念你，要是我没写信，那是因为我实在一丁点时间都抽不出来了。

---

[1] *The Lady's Not for Burning*，英国剧作家克里斯托弗·弗莱创作的戏剧。

请给我写信……对了，能帮个忙吗……可以把约翰尼·K.、阿尔弗雷德·H.和马丁·B.的地址发给我吗？我很想同他们联系，时不时就会想念他们三个人，你不想吗？

就此搁笔吧，不然我要累趴下了。

我爱你，洛娜，希望你不要怪我之前没给你写信。

爱你的露西亚

1959年（春）
新墨西哥州，阿拉梅达区
科拉莱斯路
（22岁）

新墨西哥州，圣达菲市
无名路501号
多恩夫妇（收）

亲爱的艾德：

感谢你的来信，真的，尤其是那首诗。你曾经提到过那个男人说的话，从那以后我就一直在想这件事，但我主要想的是该怎么第一次把这一切说出口……而不是为什么说出口，这个你已经在诗中说过了。

你总是直说"**是**"或"**否**"。我不敢冒昧评价你的写作，但我知道，对于你作品的是与否，如何评价你写作的内容，是德妮丝那帮人不关心的……投入和用心（是用心而不是细心）使你成为比他们更优秀的作家。正是因此，我很高兴你能读我的作品。雷斯说："好吧，**他肯定会对你实话实说的。**"我觉得他有点替我难过。我希望听到实话，但同时我也感到高兴，因为我并不怎么担心写得不好，而是担心写得做作和虚假，不管哪种，你都会一眼识破，或一针见血地指出来。

但是说真的，你居然把我当作同道中人与我交流，这实在令我感到既尴尬又羞愧。我的错，因为我常口若悬河地谈论自己的"写作"。我清楚，看到我拙劣的作品，你一定会感到惊诧和失望，实在非常抱歉。克里利说我是业余作家。但他就只说了这么一句，而且是酒后说的。真的，我知道我的作品很糟糕，水平不够……但我并不业余……因为我想我可以……哪怕只是因为我有很多事情想讲，想记下来，想说出口。好吧。

我有些表达不错的东西，但都已经寄出去了，所以我寄了一篇表达得不怎么好的作品。我的教授对我说，这是我写过最糟的东西，我很沮丧，因为他并没有说**原因**。所以，我希望你能试试……真的，无论你说什么，哪怕是"我不喜欢"，都不会伤害或打击我。这篇作品是关于一种在我看来十分美好且合情合理的事情。我真的非常想知道如何把它写得美好且合情合理。

……另外，二位，我们这次见面很愉快，对吗？你们什么时候能来住上一两天？雷斯在乐队盒找到份工作，我觉得很不错，有两个星期的假期，所以他很开心，尤其是他的乐队听起来很出色，而且他接到了很多表演邀约。星期天,他要在鲍勃·霍普秀上表演,应该会很有趣。所以在这里,每个人都很开心。

爱你们的露西亚

1959年（春末）
新墨西哥州，阿拉梅达区
科拉莱斯路

新墨西哥州，圣达菲市
无名路 501 号
多恩夫妇（收）

亲爱的多恩夫妇：

嘿，谢谢二位的邀请，还有塞里略斯的工作卡——知道有这些，我感到很安心，尽管我们已经开始在阿尔伯克基安顿下来了。雷斯在西部天空找到一份工作，那是一家有宽银幕彩色电影风格的汽车旅馆，他在一架大钢琴上独奏，在观众看不到的上方，演奏台四周围着珠帘。工资比克劳德餐厅还低，工作时间却更加疯狂——星期一到星期五晚六点到八点，星期六和星期天晚六点到半夜一点。他只签了两个星期的合同，但也许会续签，希望如此。这很完美，有更多的时间，更加安宁，我想我们可以搞定这里的事情，不久（我们全家）就能去圣达菲拜访你们。（这一切会从下个星期开始——现在他同时打两份工——我从学校回到家——雷斯去乐队盒排练——冲个澡——去西部天空演出,去乐队盒演出——深夜两点回家睡觉。)

我不知道去圣达菲度假是否能解决问题,我很怀疑。难点在于,我总是避免解决问题,即使它们已经压得我透不过气来——就像我说的,也许等事情平息下来,情况会有所好转。

前几天我总是自怨自艾,说话很不公允。这是我的一个弱点,这段时间更加严重了,真恨自己不能做点什么——可同时我又什么也不想做。我不想去"期待"或要求,这是我的一个大问题。爱德华,在给你的那八十多页东西中,我开始面对它。唉,我也有点尴尬,因为我知道,假如你不予置评,那是因为你感觉很难做出善意的评价。所以我们干脆把它丢在一边,好吗?那样你不会那么为难,对我来说也更有帮助,也许这样我就可以写点不那么长的主观的素材。我有几篇短篇小说下个月要交稿,这几篇写得更"漂亮",表达的意思和那八十页是一样的,只是更清晰——这事关乎道义承诺,而且既然提到这一点——不知道是我写得太差还是怎么回事——可我觉得,性很难写好,而且有点傻。我想在《蒂姆》和《合欢树》中尝试,因为显而易见,性是绕不过去的，而且我感觉我的总体目标并没有实现——弗里德曼和艾达是这么判断的。

哦，算了，我是怎么扯到这儿的——我老是这样，把写给你的信撕掉——这是一种二战后遗症，写信的时候报喜不报忧。那时我经常花几个小时，(绞尽脑汁地)想出一些多少能让父亲高兴的事，写信告诉他。

可我现在沮丧得要命。上学就是一场噩梦——我的成绩**糟糕透顶**——心理学的期中考试考砸了，这是我在这所破学校里上的为数不多的像样的课程之一。其他科目，我基本都是一败涂地。一听那些课我就郁闷——甚至都没法生气。

我下了老鼠药，结果在接下来的几天就像卡夫卡的恐怖噩梦一样，我得在该死的房子里到处搜寻恶臭的源头——腐烂的可怕的恶臭——无穷无尽。

三十三只胀鼓鼓的死老鼠

至少还有三只在什么地方。我找不到它们——只能干坐着闻它们的气味，努力学习，发疯。

于是我收起老鼠药，扔掉老鼠夹子，老鼠们又像往常一样四处乱窜(我都快疯了，真的)。你担心过自己发疯吗？说真的，我经常担心，所以这事还会给人带来动力，或者说不定这一切都是我瞎想的。

杰弗里[①]和马克会一起跑出去，躲在鸡舍后面，我喊他们，他们就挤在一起咯咯笑。太好了，现在杰夫能走来走去，对他们来说是多么美妙。到睡觉时间，他们便会回到自己的房间。他们不过就是走进房间，可看起来是那么可爱。

由于厨房和客厅里有死老鼠，我只好待在卧室里。天热得可恶，百叶窗只拉上去四英寸，而皮特那帮人还总是往里瞧，骂个不停——他们知道我曾去法院告他们，想把他们赶走。

两个星期以来，我每天都到阿拉梅达的治安法官那里——毫无进展——他们很忙——明天再来——对不起，我得出去一下，明天见。

我已经找过六次水管工——没问题，明天见。

克里利一家来了。他们休息了一个假期，精力充沛，心情愉悦。爱德华，鲍勃为你的作品倾倒——发狂——要怎么说呢——我是说，他想给出明确的判断和陈述，而不只是说句"太棒了"。我听过他对其他人的评价，也不过是句"太棒了"。

丽兹·冈村在她的漂亮房子里开心多了，相处起来多

[①] 杰夫的昵称。

少也算愉快。我也为自己曾抱怨过她而感到抱歉。我讨厌跟那些让我郁闷、让我心胸狭隘的人打交道，结果净是些鸡毛蒜皮的事。也许我就是不喜欢被人"逼"之类的——我必须帮她打扫卫生，这让我烦透了——假如是我自己的想法，我倒是很乐意。

母亲寄来一封动人的信，她生气地在结尾说她不得不停笔，因为女仆们要打扫她的房间，已经等了她半个小时。

我一直在东拉西扯，希望能突然想出一些有意思的话题，或者甚至问一些问题。

最迟下个星期，我们会高兴地去看望你们。

爱你们的露西亚

1959年（夏）
新墨西哥州，阿拉梅达区
科拉莱斯路

新墨西哥州，圣达菲市
无名路501号
多恩夫妇（收）

亲爱的爱德华：

首先感谢你帮我指出形容词、节奏等技巧方面的问题，你说得都很对，我以前不懂这些，也没有人帮过我。我知道这是我能从你那儿得到的真正帮助。我没想到你会在信中对我道出写作与艺术的一切真谛。我敢肯定，我，或你，都想不到你能如此清晰地告诉我，我的写作和我本人到底出了什么问题。我十分震惊。

我还小的时候，也不算太小，有一次在教室里尿湿了裤子，特别显眼，颇为尴尬。加之我那时个子高，遭遇了各种问题，我便不愿回去上学，死活都不肯去。直到有一天，我接到一封信，信中说我被任命为"安全监督员"，就是那种胸前挂个牌子、站在人行横道上拦住车辆的孩子。我想，这太棒了，于是重新回去上学，忘了尿裤子的事。至于我是有史以来全世界唯一在教学楼内巡逻、准备拦截重型卡车的安全监督员，这一点无关紧要。我想，虽然我把这事当成好玩的故事讲给你听，可其实它令我非常困扰，因为我只会将消极的东西隐藏起来，这是我掌握的为数不多的积极的东西。

你那封优美的来信通篇都在展现我是多么喜欢在现实生活中——但主要还是在我的作品中——这么做……比如你提到那两所学校的事情。要知道，除了美学上的意义（？），我才不在乎那所小学呢。有七个月时间，那栋如同一具没有气味的骨头架子般的建筑物，就是我该死的生活的全部，那也是我第一次体验到这该死的生活。每一分钟都是积极的，但没有一件积极的事被我写进故事中。教室里的事，就是你喜欢的那部分，那些日常是我用心描写的，是我真正用心和热爱的。在蒂姆和修女的戏剧性场景中，我并没有获得"胜利"，尽管这一幕确实存在。但现实中曾存在某种胜利，某种比我小说中任何内容都更有力的确定性。我花了七个月的心力来改变蒂姆和我的班级，改变我自己。这是我第一次、唯一一次真正的忘我，也是我唯一一次有意识地为我爱的人做出努力和改变。

在小说《蒂姆》中，我剔除了这一切，出于表面的真实，出于我的成见，或者出于虚荣的自我呈现，但这些东西在现实生活中并不存在。说来真是惭愧。

而正是这种失真和虚荣打乱了节奏，我就像一个传递橄榄的小孩子，停下来，看看大人有没有发现。

祈祷词是用英语写的……因为除了祈祷词，大多数孩子不认识其他英语单词，于是更觉优美动人。

不管怎么说，我很难受，你的话让我忽冷忽热、如鲠在喉。我的喉咙，它在哪儿？大家总是给我一个监督员的牌子，从来不明确地否定我。我感到震撼……我想你根本不知道你的信会对我产生多大影响。

但爱德华，最疯狂的消极反应，就是我现在得把这些破东西都重写一遍……尤其是我的那部宝贝长篇小说，那不过是自以为是、固执己见的自我论述。

不管怎么说，没错，这确实"帮了忙"。哈。谢谢啦。

还有海琳，谢谢你疯狂提议照看马克和杰弗里。虽然我们恐怕去不了了，可还是谢谢你。雷斯每天都要同普林斯·鲍比·杰克与桑尼·科尔曼一起为两个地方的演出工作排练……记得他说起过桑尼，一位人品出众的优秀乐手。所以他们演奏得很不错，真希望你能去听听。他也正在和他的乐队一起排练……他们表演得棒极了。

但他们都很年轻,搞音乐多少是为了好玩,所以我想雷斯可能很难将整个演出当作事业维持下去。

昨晚我们出去逛了逛。玩得太开心了。雷斯放假了,太棒了!棒极了,但也很古怪,从一个地方到另一个地方,每个地方都像独幕剧《音乐家的生活》。哇,在西部天空,有好莱坞、拉斯维加斯式的场景,大钢琴和领班服务员,有钱的得州人在咒骂乐队,有钱的加州人想勾搭女服务员。与此同时,乐队照常演奏,伴着音乐,一个同性恋想花钱勾引钢琴师,一个女服务员爱上了贝斯手,年轻的贝斯手被女服务员和同性恋吓坏了。一个古巴人想要弹吉他,所有乐手都在谈论谁在哪里演出,担心谁想抢他们的饭碗(一个星期后保罗·明奇就顶了他们的位置)。欧尼·琼斯弹吉他。弹得**真好**。十分美妙。中场休息时,他几乎站不起来,喘不上气,他病得很重,来日无多了。

我们去了乐队盒,一家真正的夜总会,卫生间的门上写着"国王"和"王后"。老板名声不好。这太糟糕了,保罗·明奇是618工会的会长,正在检查会员卡,他告诉乐队指挥必须停止在任何地方演出,因为欠了太多工会费。而乐队指挥和乐队只能抱怨好朋友雷斯,因为他抢了他们的饭碗。

实际上并非如此，但乐队指挥丘伊还能怎么想？他年迈且疲惫，疲惫不堪，坐着敲鼓。长笛手是一位长着连心眉的墨西哥老人，吹得很卖力。演出开始时，一位四十五岁左右、头发染成金色、脸被太阳灯照得黝黑的男人站起身来，请求我们大笑，他就是这么说的："请开怀大笑吧！"大家都很烦。他真可怕。还有一个（满脸媚笑的）雏妓，哦，够了，总之，这一幕真让人讨厌。保罗·明奇对雷斯那位谄媚的未来老板说，他可以随时撕毁合同。

然后我们去了希尔顿的"钢琴酒吧"……那些旅途中的老男人们都会在某个时刻对别人或对钢琴师说"我孤身一人，就我自己"，钢琴师是位女性，一边弹琴一边抱怨，用玛琳·黛德丽那样低沉的声音，毫不掩饰地发着牢骚，说一些家长里短，但她的言谈样貌都像邻家女人，真是奇怪。

然后我们去了艾尔蒙特，雷斯以前在那里干过。在那儿工作挺不错的，他真是疯了才会从那儿辞职，因为那个地方和那儿的人都很好。

下个星期我们一定会去你们家，可我还不知道具体什么时候。

克里利的学校结课了，他很开心，很高兴能到这里来。

　　海因茨和博洛闯了大祸,它们俩率领一群狗咬死了几只鸡。

　　爱德华,我的"小说"现在还剩下八十页,多少算得上真东西。请你读一下好吗?孩子们放假后都怎么样?

露西亚

1959年（夏）
新墨西哥州，阿拉梅达区
科拉莱斯路

新墨西哥州，圣达菲市
无名路501号
多恩夫妇（收）

亲爱的多恩夫妇：

我每天都在想，我们明天就来——希望保罗不盖毯子也没事。珍不给她没检查过的病人开处方，但她两个星期后就要走了。在她走前，如果你去找她看病，我想她会开可多次使用的处方，而且不会在意费用。另外，她清理了药柜，送给我一罐药，全部是镇静剂，有一种没有标签的，也是镇静剂，还有三个一组的粉红色药片，你每天吃三片，连吃几天。

我这里有：

治尿布疹的药

安眠药

止泻药

晒伤药

哮喘药

治花粉热的药

护肝药

(请遵医嘱。)

希望你们都没事。我打过三次电话,但萨默斯一次都没接。

我们算是有房子了。的确算得上一栋房子(得过一个月才能装上水管!!!)(在此之前我们是不会搬进去的)。那房子在山中,有石砌大壁炉、藤蔓、青松、绿苔、流泉,还有一片池塘,里面有鱼。这太棒了,六十五美元,非常大,就像爱达荷或蒙大拿的房子。那是一间木屋,瓦片上贴着油毡,窗子朝向山坡——太美了。

简直没的说,是不是难以置信!

是的,学校放假了,而且一小时前我们刚刚拥有了一只白猫。

今天开始写一个短篇。我还没有写信(给你们)。我写过,可永远记不清到底写没写过。但给你们写信,了解你们,总是让人兴奋不已。

再次感谢你们来时对我的帮助。

从那个星期五开始,欧尼·琼斯多少有点反常。先是在西部天空大吵一架，喝得酩酊大醉，撞坏了车，撞断了肋骨，肋骨刺穿了他剩下的那个肺。

这很可怕，也很讽刺，他这样折腾是因为他不想死，不想去医院，因为他太孤独了。

他们把他送到巴丹医院。雷斯打电话询问他的情况时，医院的人说欧尼知道了自己的病情，走出病房，离开了医院，毫不在意自己的肺和肋骨，谁都找不到他。

要知道，当时为了找欧尼，出动了两百个人。

终于在深夜两点的时候，他们发现他步行去了退伍军人医院，回到原来的病房。他现在好些了。

父亲寄给我一本极好的书——《风格的要素》，作者是斯特伦克（还有怀特，他重新写了引言）。

就这些了。讽刺的是，一切都还好。我是说情况没那么紧张，实际上，这些状况还很让人开心，但不是真的都好，而是因为我已经历了一切——我在恐惧中起伏、进出、颠簸，体会了个遍。表面上看，我不在乎。这栋房子应该有些好处，而那只猫真是胡闹——它刚刚尿在床上了。我们为它花了一百美元，那是只蓝眼睛白猫，神经质、笨拙、愚蠢，但太招人喜欢了——就像瑞蒂。

露西亚

1959年9月14日
纽约州，纽约市
霍雷肖街88号
（明信片）

新墨西哥州，圣达菲市
无名路501号
多恩夫妇（收）

亲爱的多恩夫妇，真希望我们能收到你们的来信——我们正在去"大苹果"①的路上——在经历了相当可怕、痛苦而又美好的一个星期后——艰难+消极+积极+我们已经会合+现在一切都会顺利的，会好的。

爱你们的露西亚

（明信片续）

亲爱的圣达菲和海琳，既然我们已经开始，那还是继续前进吧。路程一共只用了两天时间，不急着赶路，反正也不算远。露西亚不是睡就是吃+马克和小杰夫+

---
① The Apple，即"Big Apple"，纽约的别称。

狗狗，他们都兴奋得忘乎所以。我们可能还要在这儿多待几天+然后动身直奔"苹果"。大家都说很难找到足够大的地方，好让你们来拜访时也能住得下，但我们会尽力的。

　　　　　　　　　　　　爱你们的雷斯

1959年（9月）
纽约州，利特尔福尔斯市

新墨西哥州，圣达菲市
无名路501号
多恩夫妇（收）

亲爱的多恩夫妇：

知道吗，我们到达雷斯家那条路上时，已经开了整整两千英里，我们迟到了二十分钟——是不是很不可思议？——现在我明白了，这里是东部，这儿的所有人都依照时序，在四月二日粉刷谷仓，在九月十二日给树木护根。蒲柏曾在一首诗中说过有关大自然乱中有序或序中有乱之类的话。我沉醉于大自然的极度丰饶，缭乱，繁茂——雨水丰沛恣肆，青草、雪球花、波斯菊、锦灯笼、香豌豆、富贵草任意生长，甚至连将人们约束其中的自然的秩序都美妙无比——而在阿尔伯克基那片干巴巴的荒原上，人们无法从大地中获得任何力量或生机，便干脆自暴自弃。

旅行乐趣无穷。杰夫很乖，马克很开心，他尤其喜欢印第安纳波利斯。有一次，我们坐在一棵商陆树下吃午饭，一株红铜色的高粱生长在水坑的对岸。

我今生见过的最为壮观的景象，是奥尔顿的**密西西比河**。我想象着移民者和拓荒者，心中涌起**爱国之情**。

起初我们开得挺顺，但车到圣路易斯（真讨厌，连张路线图都没有），我们迷路了，差点就开到了马顿。我们在那里兜来兜去，后来在深夜两点左右，我错过了通往俄亥俄州的高速路。这就是东部——你不能改变主意，不能把事情搞砸，不能停下来。

禁止停车

至少，在密苏里州，单行道上有贴心的路标，你要是开错方向，还能从后视镜中看到牌子另一面上写着：

现在掉头

方向错误

你在逆行

总之，我错过了那条可以直达的高速路，结果开到克利夫兰去了。黎明将近，我在那儿的几条街上迷了路，街道下面是几座工厂：砖墙、迷雾、浓烟和灯光。当心。哇哦。

要知道，到克利夫兰之后，我们可以沿着伊利湖畔行驶，那条路离湖五十英里远。黎明时分，我们行驶在克利夫兰的欧几里得大道上，远远瞥见了伊利湖的影子。

星期天下午我们到达雷斯家。我真想给你们讲讲他的家，我对真正的家倾慕不已，却完全一无所知。房屋周围生长着桦树，每个孩子出生时都要种上一棵；房子有阁楼、地下室和凉亭；镇上所有人都认识了一辈子，熟知对方的生活，了解彼此的亲戚，每天都能见面，也喜欢见面，怀着《战争与和平》中不可思议的从容谈论出生与死亡。范姑妈带我们参观她（漂亮）的房子，她领我们参观书房，一间正宗的镶着木墙板的新英格兰式书房。她说："我们很少用到这儿，只有在举行葬礼时才会把外套放在这里。"

雷斯把我带回家，这真是太好了。我们将同时拥有假期、休息和蜜月。沿着主街漫步，两旁鲜花与绿草疯长——翻一翻阁楼的箱子，雷斯的书、照片和诗歌；在餐厅吃晚餐，桌子上摆着鲜花、蜡烛和黄油碟；马克从玉米地里掰回一根玉米，洗一洗就啃起来。（他简直**疯啦**！）我们去看望堂兄安迪和他的妻子埃丝特，你们看，这些人都**太**好啦——他们工作时又努力又惬意，他们护根（我爱这个词）、播种、收割、装罐头、修剪枝条、嫁接、缝补衣服、烘焙、种植自己的食物，一切循环往复，**有序**又**美好**——他们都很好——有种古怪的风趣，对一切的一切都**感兴趣**,从每天看到的风景中感受快乐。我与所有人相见。他们接纳了我。我不是指他们赞同、接受或喜欢我,虽然我觉得他们的确喜欢我,但他们会带我进入他们《战争与和平》式的生活图景,去阁楼上看他们的摇篮,而杰夫就睡在普罗克特奶奶的婴儿床上,博比也曾睡过那张小床,这真是太好了,也太吓人了。我以前从不知道家的样子。

我总是想起我和家人上一次团聚的情景,想起我在埃尔帕索的外公和外婆梅蜜家的孩子们,想起梅蜜手握杯身给外公递咖啡,眼中含着大颗泪珠,而外公安逸地坐着,一把接过杯把,端着滚热的咖啡一饮而尽。

那次团聚是在圣诞节,除了一屋子挤进三十个人,还发生了些其他事。首先,家里所有人都盼着舅妈死掉。她和舅舅一直非常幸福,他们相亲相爱,身体健康,但后来她得了场大病,十分痛苦,无时无刻不感到疼痛。在自怜与恐惧中,她的身体开始将她摧毁,而她则开始摧毁她周围的每个人,与道林·格雷[①]的情况正相反。那年圣诞节霍尔特医生也在,他非法给舅妈服用可卡因,于是他自己也陷入极度的自责和恐惧之中。舅舅很爱舅

---

① Dorian Grey,奥斯卡·王尔德的小说《道林·格雷的画像》中的主人公,岁月和邪恶没有摧毁他英俊的容颜,却摧毁了象征他心灵的肖像。

妈，照看她，在夜里哭泣。她的孩子们却讨厌她，因为她让舅舅的生活苦不堪言。舅妈的母亲是个疯子，一直在祈祷。舅妈不让母亲出房间，甚至吃饭也得在屋里，每天只准她去两次卫生间。我当时也在，两个星期后我就会离婚，三个星期后我的父母就会离开。雷克斯·基普也在，他是一位富有的农场主，舅舅最好的朋友。几天前，他和舅舅坐飞机离开，大家都以为他们俩只是去买醉，可事后我发现，他们是想去墨西哥扮演圣诞老人，一直在为这项行动做准备。那天晚上他们飞到墨西哥一个贫穷的小村子，在每家门口都放下种子、豆子、食物、玩具、衣服。在得州这是相当令人反感的做法，不过试想一下，两个醉醺醺的百万富翁自己出钱，坐着飞机到处分发礼物，挖空心思地想在圣诞节做些好事，什么好事都行，这其实没有那么令人反感。

总之，平安夜那晚很冷，发生了好几件事：两伙人——一伙是醉汉，互赠冰箱和电视机，讲笑话；另一伙是教徒，唱主祷文，还有人在煮火腿和火鸡。人们打扑克，跨上新买的帕洛米诺马。除了庆祝平安夜，人人还都有自家的一出戏——福克纳式的可怕暴力正在上演，但就在平安夜，舅妈说："你们想让我死，那好，我就去死。"于是她只穿了件睡袍，爬上屋顶，然后躺下来，当时埃尔帕索下着雪。

我的家人有种古怪的习惯。假如你走过某个房间,遇见其他走过或坐着的人,你都会停下来,触碰他们,或与他们交流,确认某件事,即便那件事往往令人痛苦而愤怒。

所以我无法理解真正积极的人——诚实的人。这就是我的信中消极的部分,爱德华,刚才我说我害怕,就是这个意思。我很害怕,因为我无法营造这样的场面,**这样温馨,这样愉快的真诚的积极的场面**——在这样的场面中,没有人哭泣、尖叫、咒骂、拥抱、搞砸事情、绝望、渴望、拿自己或梦想开玩笑。就像牛顿一家,他们真的很善良,很爱桑迪(就是雷斯),十分爱——可见到他时,他们只说:"啊,桑福德,你好!"并不会抹眼泪。堂哥安迪在战场上经历了一段可怕的时光,几乎丢了半条命,当他回来时,他的父亲也只是握握他的手说:"你好,安德鲁。"这里没有**俗套的感情**。

所以,俗套的感情终究是无关紧要而且肤浅的,这里有的是信赖和爱的力量。啊。但我很小的时候喜欢读弗罗斯特的《雪夜林边小驻》,后来我读了《雇工之死》,里面有一行,大意是:"当你没有别处可去时,家就是必须收留你的地方。"

我希望我的破打字机就在身边,我想写作,这太疯狂了。我突然有几百件事要写,但不管怎么说,第二天我们就到了利特尔福尔斯市,在那个美丽的地方,**井水竟然干涸了!没有水!六十年来头一遭。**

于是我们来到哈奇湖——来到**谢迪赛德,这是桑迪长大的地方——一片美妙的湖,一栋(名副其实的)美妙的小木屋。**我们露营,在湖里洗澡、洗衣服,马克和杰夫都乐疯了。小龙虾、蜗牛、水蛇、松鼠、山雀——我们躺在床上,看着数不清的树,望着天空;要是靠着枕头坐起身,就能看到下面的湖水。这会儿我们在码头上,杰夫正往水里扔石子和蜗牛。雷斯在看书(他带了几百本书),我和一只猫在船上,海因茨搞得我们不得安宁。马克在普罗克特奶奶的铁床上睡着了。

昨天晚上,住在隔壁的莫姑妈来了,与雷斯的父母、雷斯的哥哥达纳、嫂子丽和孩子们共进晚餐。我们吃的是玉米(先烧上水——再跑去取玉米,把玉米飞速倒进水里,上面盖上玉米皮——煮三分钟,然后开吃)。我们在湖边的门廊上吃饭,坐着旧椅子,桌子上铺着油布,感觉很好,也很有趣。莫姑妈和我想象中一样可爱(她就是那位包礼物的女士)。我们一边开心地聊天,一边用一只可爱的水壶烧水、洗碗、洗雕花玻璃果冻碗。

我开始晕船了。马克和杰夫都**很胖**,皮肤晒得越来越黑。**我也很胖**,我在圣达菲穿的那条蓝色连衣裙现在连扣子都扣不上了。实际上,我突然之间就变得结实且健壮了,我素面朝天(十年以来头一遭),而且又要划船,还要伸胳膊去铺那么大的旧床,累得够呛。

对了,我写这封信主要是想讲一下,我们这里没水的时候,雷斯的父亲就叫来杰伊·墨菲,他是一个

探水师,

他来时穿着一条古怪的灰色工装裤,手里拎着他的桤木棍。他在树林里大踏步走着,最后找到了三条水脉交汇的地方。

他把棍子递给我,让我朝有水的地方走,我照办了,却什么都没发现。我们又试了一次,他拿着那根 Y 形木棍的一头,我拿着另一头——只是稍稍握住。他拉起我的手,就在我们走近的时候,棍子的那一头开始向下坠——被**地球**引力**拉下去了**。

他说他不管用什么棍子都行,甚至用电线也可以探测水源,因为这是**天赋**,重要的是天赋。"我不知道为什么,我就是知道。"

牛顿医生测试了一下,让他找一找他(牛顿医生)已确切知道的水脉位置,墨菲先生找的丝毫不差。真是

怪事，他的手那么有**东部特点，那么苍老**。

他们会说"哎——啊"，而不说"好"或"行"。

莫姑妈也有探水的天赋，我看得出来——她有意志力。爱德华，我们不是说到过吗？**意志力**，就是这里的人们所拥有的东西——在某些地方它应该和信念有关，比如梅尔维尔的信念，或与激情有关；在某些地方它可能，可能就是力量——就像梅尔维尔——因为意志力就是力量——但在这里，它是秩序，就像梅尔维尔的短篇小说《我和我的烟囱》中的秩序。

现在我们在门廊上。我坐在一把歪歪斜斜的旧椅子上，靠着枕头，帆布枕面上用褪色的棕线绣着：

向上看，不要向下看

向前看，不要向后看

向外看，不要向里看

我开始一遍遍给这封潦草的信收尾——可最终总会说些有关离开你们、认识你们的话——我们想念你们。按我舅舅的话说，朋友留给我们的正是思念。

         爱你们的露西亚

又及：马克一个人上了一只小船——用力把桨拉上

去，放进桨槽里，他划得棒极了，不过那只船被拴在岸边，或是被下了锚什么的。他小脸红扑扑，漂亮极了。

我寄给凯鲁亚克的短篇小说被退了回来。说是地址有误——究竟是罗得岛还是长岛？

1959年（9月）
纽约州，利特尔福尔斯市

新墨西哥州，圣达菲市
无名路501号
多恩夫妇（收）

哎——啊，我用心重读一遍我的信，发现就在其中——但只有很少，我到底还是太自信、太快乐了——不过它里面确实存在——那种压抑不住的积极乐观。因此，我要说两点，重新为它辩解。一是当我坐在山顶的凉亭旁，四周如此安宁，绿草和鲜花浓密、厚实，一派寂静。到处都是绿色，那么美，只有风吹过时才能看到天空——就是这样，没有声响，没有光亮。

说来尴尬，能不能看得到天空我并不确定，还这样随口乱说，但也不全是乱说——树丛掩住了那条河流。

想起刚搬到阿拉梅达那天，我们在阳光下的水泵旁洗盘子。见鬼，我真怀念夕阳西下时，坐在台阶上，在巴迪身旁。

巴迪星期一打来电话——这么做太可恶了——他知道范姑妈、莫姑妈、瑞芭姑妈和贝茜表妹会在客厅里坐着，挨着电话，雷斯也在。他知道给我打电话会让我为难，也知道我又很高兴接到他的电话——问题就在这儿——我们很**容易**就知道如何打动对方，如何伤害对方。我在电话里刺痛了他，他哭了——但我这么做并不是因为我想让他离开我——而是因为我很生气，为他打电话来而生气，我生气、伤心，因为他说"女人就是女人"这样的话，尽管他否认这么说过。他这么说是因为他生气，知道这样说会刺痛我。这真是可怕，是不是——但他温柔起来也很容易，问题就在这里。

哦，见鬼，这件事太复杂了，我不知道该怎么说才好。

这就像我们谈过的喝醉和嗑药的区别。

醉汉的最终价值——就像我和雷斯的关系——是那样尴尬、笨拙，即便如此，他们还在努力生活——就像有人喝得醉醺醺了，却还要努力捡起一片花瓣似的。这样做是积极的，是值得的。

我相信这一点——这对我来说很不自然——这很难。

　　　　　　　　　　爱你们的露西亚

1959 年（秋）
纽约州，纽约市
西十三街 106 号

新墨西哥州，圣达菲市
无名路 501 号
多恩夫妇（收）

亲爱的多恩夫妇：

嗨，首先，写信太好玩了，因为在信里一次只有一个人说话。海琳，我走后又收到你的来信，我们搬进新家的第一天就收到如此精彩的长信，真是太让人开心了。我们的新家在

纽约州，纽约市，西十三街 106 号

哇哦——我们那时候也担心，有一段时间心情都很沮丧——车坏了几次（钱钱钱钱），电话押金一百美元，租房押金三百美元，每月房租一百美元，租到的房子却比我们在阿拉梅达的房子小一半、破两倍，加上我们压根儿没有钱——真的很可怕。我们看的每处房子都让人压抑，让人讨厌，还贵。有一处房子还算可以考虑——

交三百美元押金就可以入住，每月房租只要六十五美元。有一个大房间，一个电炉，每边都有一扇窗户，浴室在厨房里面，或者说厨房在浴室里面——但这个房子有一个壁炉，样子有点炫酷——在科妮莉亚街上，虽说它地处格林威治村搏动的心脏，却并未给人留下自然主义和诗意苦难的印象。总之，我们现在有了间相当不错的公寓——我是说，公寓很好，需要爬四段楼梯，在建筑背面，很安静，每个房间都有宽大的窗户，还有一间像样的厨房（多少算是吧），屋里很**亮堂**，阳光充足，有一个房间带有飘窗，可以俯瞰绿树和每家后院的花园。这条街也很漂亮，颇有亨利·詹姆斯式风格，街边种着树，窗台外有花箱，没有地痞流氓，只有老先生、老太太。总之，这里很棒，现在我躺在床上，将漂亮的宣礼塔和带矮护墙的烟囱尽收眼底，而且因为今天是星期天，我听到的唯有鸟啼、钟鸣和车笛，我不是故意押韵的，而是因为我听到的就是这些，还有马克和杰夫，他们在自己的房间，这样挺好的，因为他们有了自己的房间，阳光充足，就算在里面（锁上门）也可以看到我们。

雷斯到利特尔福尔斯市运钢琴去了——然后他要把钢琴调试好。再然后，我要找一份为期三个月的工作，我觉得应该不难找。我大概能从格雷斯轮船公司那儿找点事做，因为我会说西班牙语，而他们有一半乘客是不会说英语的，我还认识公司的总裁和副总裁。接下来雷斯要去找份工作，好像不容易，对他来说似乎更难，但我很有信心，可能需要时间，但从工作和音乐方面考虑，我认为，哇哦，搬到纽约来终究还是最明智的决定。这里百分之九十的钢琴手都没有雷斯弹得好——而另外的百分之十呢——简直不可思议（好也罢坏也罢），竟然也都在这里工作、表演，而比尔·埃文斯、瑞德·加兰德和杰基·比亚德此刻就在纽约演奏，只可惜我们没钱去看——迈尔斯·戴维斯也在这里演出——真让人沮丧！可他们**就在这里**。

是的，爱德华，这次搬家是最明智的决定——的确是。离开阿尔伯克基的时候，我并不知道这一点，也不相信，甚至到利特尔福尔斯市的时候依然如此，因为我们还没有挪动过，没有向任何事物、向彼此靠近、超越或是前进过。

事实上，有一段时间情况甚至更糟——糟到不能再糟了，虽然我们已经采取行动，搬了家，达成了一致，但情况并没有好转。我不明白——也不想明白——我们为什么去利特尔福尔斯市，为什么我似乎无法融入雷斯的生活，也无法融入那里每个人的信仰——但那是因为，除了自己，我仍然很难考虑其他任何事情。直到我看到雷斯原本的生活，他的家庭，树林，湖泊，我才开始了解他。

我仍然很难受——这种难受就像是一种病，我的受虐心理，就像吸毒，是极端的受虐狂式的自我毁灭，是一种否定——而（老实说）当时我并不知道巴迪就是那样——那是我憎恨的一切——自我毁灭，如同两条互相吞噬的蛇。我不知道自己更想要哪一个，是毁灭还是被吞噬——但那时候我不知道这一点，我不知道自己有多可怕——后来我知道了，心中明白了。我现在尽力不再说任何我不确定是否属实的事情。

总之，我感觉像是大病一场，现在痊愈了，我很疲惫，但很高兴自己痊愈了。就像累并开心着的那种幸福。我太疲惫，也太高兴，感觉自己没有力气再装出一副欢快、积极的样子了——是的，再说一遍，搬家是正确的决定。

我们一路走着、说着、笑着、闹着、担心、生气、郁闷、兴奋。这很疯狂，也很棒。而且不管最终发生什么，我们都会在纽约一起面对，一起解决问题，一起做一些事情。

纽约**棒极了**，一切都很棒。我们逛了个遍。这地方简直太大了。我是说,大极了。这么多人都在这里**生活**,在各个街区,人们上楼下楼,进进出出,他们都属于某个街区,某个无穷无尽的街区,有熟食店、鞋店,人们上楼下楼。

地铁很不可思议,因为你向上走到地面,便进入一个新世界,仿佛之前你所在的地方就不复存在了——这很不可思议,可我不喜欢,就像坐飞机一样——你并非从一个地方到达另一个地方,只是把第一个地方抹除掉了。

但是公共汽车就太好玩了——它要路过几百个世界、街区、公园、克莱因连锁店和无数的人,才会到达我们的家。假如你愿意,你可以不断路过千百万个不同的人与地方。

喂,海琳——你送给杰夫的那件漂亮的黑毛衣——我和玛吉*从中看到了商机。我们正在创立一个家庭产业——制作儿童毛衣和斗篷——我们借了五十美元在韦斯特切斯特的报纸上登广告——顾客寄来十美元,我们买两美元的毛线,织成毛衣,然后寄给顾客。我们的生

---

* 我们的朋友,住在霍雷肖街,我们一家人曾和她挤在一个房间里住了两个月,相处得不错。她是位可爱的女士,风趣、热情、心地好,你会喜欢她的。——原注

意将像蘑菇般出现①。我喜欢这种说法，因为我在利特尔福尔斯见到过蘑菇长得有多快。

是的，我们去了古德曼家——此前我们一直忙碌，对住处和钱的问题既紧张又担心，还和"垮掉的一代"中一些年长的朋友聊过，这太让人郁闷了。当我们走进古德曼家，杰夫径直走到米奇身边，笑嘻嘻地靠在他身上，差点就睡着了。这就是我的感觉——那样安宁，我们坐在一起，有说有笑——只是一起坐着就十分惬意。米奇很招人喜欢——一个热情、强壮的人——而德妮丝的各个方面都出人意料——她比我想象的要友好得多，没那么复杂，而且和她待在一起聊天也很愉快。她做事效率很高，这并不奇怪。她对儿子的态度让我好奇——这对夫妇不让儿子晚上一个人在家，担心房子失火——除此之外，她对待事情似乎相当克制——不固执——这让人喜爱。要说我讨厌什么的话，那就是固执！

现在，我坐在窗前，看着外面的树，看棚架上攀缘的牵牛花。

马克和杰夫真的很喜欢这里——马克喜欢，是因为这里有船、火车和其他交通工具。他真正喜欢的是乡村、

---

① Mushroom，名词指蘑菇，作动词时指快速增长。

树林和水——在那里他是那么快乐——而杰夫是个小浪子，小花花公子，纽约是他的天地——他真的相信整个纽约都是为他而存在，他对此颇为称赏，态度亲切——就像站在敞篷车上的卡斯特罗，他挥手、欢呼，答谢灯光、大楼、鸽子和喧闹。

你信里提到的青椒和松仁真是馋死人！哎，喂——有一天我去散步——我和雷斯在乡下的时候不常散步——散步真过瘾——我路过一条小街上的冷冻食品厂，闻到一股诱人的香味，便走了进去。瞧啊，有位女士在用炸豆子做馅饼，做了上千个——于是我买了几个，味道棒极了，只不过里面没放辣椒。

但那些熟食店和英雄三明治[①]——遍地都是好吃的东西，我简直要疯了。

马丁森的咖啡一杯八十三美分，喝咖啡时，我们就会想起你们。

我们真的经常想念你们一家。请给我们写信吧。

格林威治村——太棒了——像克劳德餐馆，涌入街道，涌入挂着粗麻布咖啡馆帘子的地下室。而那里的人，那些扎着马尾辫的人，那些身穿宽松橄榄绿毛衣、

---

① 一种夹菜的面包卷。

留着常春藤盟校发型的男人们——他们年轻,充满朝气。真好。

不过那些小型观赏狗,小贵宾犬、吉娃娃和高大的威玛猎犬,都太可怕、太可怕了。它们在街上随地大便,而带着它们的人并不是它们的主人,就在旁边等着。可怜的小狗,当街拉屎多么伤自尊。

海因茨——哦,太可怕了,直到我们回到利特尔福尔斯收拾东西时再看到他,才觉得好些——现在他住得很舒服,看守着一个庄园一般的地方,踏着沙沙作响的树叶(秋天来啦!)狂吠着自由疯跑。店主们都怕他。雷斯的妈妈一直关照他,他也很喜欢这样,她还整天喂他鸡蛋、牛排、鸡肝、肉汤、炖菜、巧克力奶油饼干和**零食**。他**变壮了**,皮毛发亮——看上去既漂亮又快乐。

那个不值钱的**罐子**呢!我早该想到的——博比·克里利对我说那罐子"极其贵重"。她还告诉我,那种老鼠药中含有一种化学物质,能使所有老鼠都跑到屋外死掉,而且不会发出臭味。

爱德华,你的工作听起来很不错——你喜欢吗?你在写什么?圣达菲的秋天美不胜收,不是吗?

我想我最好还是等有什么事可写时再给你们写信吧,否则我就会没完没了地写下去。真希望你们都在这里——我们可以四处走走,去码头挖点东西,说说笑笑。

爱你们的露西亚

又及:马克握着拳头当电话,打给弗雷德、保罗和查尼,然后想象他们从电话里出来,陪他一起玩。电视怎么样?你喜欢《浴血边城》吗?费沃先生是那么善良、高尚、健壮。马克坐车出门时,总会从后车窗往外看,假装是在看电视,不停换着频道。

1959 年（11 月）
纽约州，纽约市
西十三大街 106 号

新墨西哥州，圣达菲市
无名路 501 号
多恩夫妇（收）

亲爱的多恩夫妇：

巧克力怎么样！太好玩了——包得严严实实，像一块好时巧克力，可打开一看，原来是墨西哥风味乳酪，很好吃——我们在一个雨夜把它"喝掉"了。我这里最近正下雨，蒙蒙细雨，瓢泼大雨——今天没下，但经常下。今天是星期天，阳光灿烂，就像弗雷德·阿斯泰尔[①]的电影那样晴朗。我和马克、杰夫一起走了几个街区，**很有趣**。鸽子和一只坐在碗里的猫。我们几个怪人星期天一大早就起床了——尤其是在这一天早上，因为现在改用冬令时，而马克和杰夫还不知道，他们六点钟就起

---

① Fred Astaire（1899—1987），美国著名电影明星和舞蹈家，以优雅的踢踏舞而著称。

来了。雷斯在外面演出,七点半回到家,带回了一份周末报纸和**芝士丹麦酥**。

真是太爽了。虽然兴奋不已,我们还是放松下来。**我喜欢**纽约,真的,看惯了阿尔伯克基的衰败不堪与尘土飞扬,就连这里贪婪与咄咄逼人的气氛都会让人神清气爽。

唯一让人烦心的是人们的谨慎小心——找回的钱得数一数——每个人都处处提防——所有人都不例外,即使是古德曼夫妇,对待他们的朋友时也是这样,先让我看看你的手。无论接受还是拒绝,哪怕是搞错了,也比这样缩手缩脚好得多。

我们的家庭手工业很成功。一个星期能赚九十美元(每人四十五美元),这真的非常好,因为我们收到很多订单,订购女士披肩、斗篷,还有五十件男式天鹅绒睡衣(!!!!)和**一件男士披风**。竟然有人让我们设计制作**男式披风**,真是**太好玩了**。

缝纫的时间不算什么,购买材料的时间却很**有趣**。我尤其喜欢那些商店和库房。挑选布料对我来说是件愉悦的事,我很喜欢看面料、花纹和颜色,整个过程都很有趣。阿斯特利德先生会攒下一些布头布边,只是为了照顾我们,可他还是会发发牢骚、讨价还价。我们主要的零售点（！）是"**盛装**"，一家真正的洛杉矶风情服装店，爵士风，但不是那种精致考究的纽约爵士风，而是有点俗、有点做作的那种。老板是马蒂，正如克劳德家族的玛格丽特掌控着圣达菲，马蒂这类人经营着格林威治村。他们堪称阳刚的化身。仪表堂堂的男人，手一抖就脱去身上的马海毛毛衣。"我向来不喜欢这种类型，太不上档次。"但这样说还好，很直接，虽说不怎么委婉。马蒂以七点五美元的价格向我们收购女士披肩，再以十五美元卖出去，这样我们也能赚五美元，皆大欢喜——除了他那位穿马海毛毛衣的年轻合伙人。他认为所有女士披肩都很廉价，所有女人也都很掉价。他一边挂起几条欧式灯芯绒修身长裤，一边说："男人让自己腰围长到三十四英寸，岂不太掉价了？"他叫 A. 庞培，他和我们签订单的时候用的就是这个名字。

除了和他打交道之外，一切都很顺利。主要是因为我们的产品确实很好。走在街上，看到橱窗里挂着我们的产品，真是太棒了。

对了，很高兴你遇见了弗拉霍斯。替我向他问好。你的工作怎么样？听起来很好——尽管要面对一双双疲惫却兴奋的眼睛。内布拉斯加的事情怎么样了？

马克斯·芬斯坦问我要你的地址。显然，这儿的很多人都在听你录的诗。马克斯和正午出版社有"联系",他想要几首你写的诗。总之他会给你写信的。

我下个星期要和代理人一起吃饭。真希望这一天不会到来。我感觉"我要和某某一起吃饭"这种说法太搞笑了,真的很搞笑。

我之前跟德妮丝与米奇的朋友学做时装模特。他们认为我能行,但是不确定我会不会真的做这一行。那可真是一门斯坦尼斯拉夫斯基式的艺术。首先,你得相信自己是个高贵、自负、傲慢、优雅的臭女人,有了这种感觉,你就会吸起双颊、挺着脖子、垂下肩膀、放松髋骨、踮起脚、比画着雨伞,看起来就是这副样子:

而他们就会说:"完美!保持!"于是你就得把这个姿势保持半小时。

希望你,你们俩,所有人,都能给我回信。

爱你们的露西亚

又及:你读过《牙买加飓风》(《纯真的航程》)①吗?这本书太棒了。作者描写了很多同时或先后发生的事,从来没人这么写过。做父母的都应该读一读,写得太精彩了。

---

① *A High Wind in Jamaica* (*The Innocent Voyage*),英国著名小说家理查德·休斯 (Richard Hughes, 1900—1976) 的作品,被誉为"描写儿童心理动荡的经典之作"。

1959年（11月）
纽约州，纽约市
西十三大街106号

新墨西哥州，圣达菲市
无名路501号
多恩夫妇（收）

嗨，多恩夫妇——今天我们去散步了——雷斯走了，我们没了目标。无事可做，只能闲逛。我想他，所以尽管下雨，我们还是去散步了。我们今天去了下东区，在雨中漫无目的地走着，天色凄凉、阴郁。湿漉漉的手推车。

回去的路上，我们太累了，便在一家餐馆停下来休息。

找张桌子坐下，耐心等待。一位年长的黑衣男士走上前来，他一头银发，用外国口音问道："你们要点什么？"

"一杯咖啡，加奶油。两杯牛奶，不，一杯牛奶，两个杯子，再要个甜甜圈之类的。"

"蓝莓玛芬蛋糕可以吗？"

"嗯，好的，谢谢。"我说。

他端着一只托盘回来，把牛奶倒进杯子里，揭开包着玛芬的纸，帮我点上烟，然后说："一共是四十美分。"我身上只有五十美分，于是递给他，低声说："不用找了。"

"谢谢。"他说。

"谢谢你。"我说。随后他走到另一张桌旁，拿起雨伞，戴上一顶圆顶高帽，向我们一躬身，离开了。原来这是一家咖啡厅！

花店正在推销麦穗、橙色浆果、黄色和棕色的菊花，还有深锈色的紫菀，暗处还摆着柔美的紫色春花，那是**帚石楠**。你见过**帚石楠**吗？

雷斯来信了，好玩极了，听上去他的现场演出很不错，哪怕只是因为那**十分有趣**。每天晚上，锡拉丘兹酒店的波斯风露台上都会播放他们的长号四重奏《秋满月华》。舞厅中央，一盏盏由碎镜片拼成的球形灯旋转闪烁。蕨类植物。

一位顾客在我们主要的零售店看到一件男式披风，她很喜欢，于是又订购了两件，这太棒了——但零售店给的最后两张支票被银行退回，让我们损失了九十美元。马蒂要破产了。最后一个订单的钱是他拿一件带毛皮领的套装抵的——就像普鲁斯特穿的那种。

内布拉斯加州的事情和那位名字很长的女士怎么样了？出什么事了？嘿，海琳，盼望再收到你写的长信。

马克老是给你们打电话,你们一家五口、玛丽·卢、卢尔德、勒罗伊和皮特。我也很想念你们所有人。

我想不出还有什么要说的啦!

爱你们的露西亚

1960年2月5日
纽约州，纽约市
西十三街106号

新墨西哥州，圣达菲市
无名路501号
多恩夫妇（收）

亲爱的海琳：

我一直想等情绪够好的时候再给你写信，可情绪总不来，所以我只想告诉你，我很高兴能收到你的信，听你讲讲你快乐的生日还有那些鸟儿，就连那（该死的！）新墨西哥，听起来也都不错。嘿，你知道雨夹雪，真是太好了。我们以前怎么从来就没讨论过呢？弗雷德的画，我非常喜欢那种画法，清晰、轻盈、充满柔情，仿佛他马上就要哭出来或笑起来。我想念他们，我们都非常想念你们的孩子们。

我想跟你说话，和你交谈。我这里的情况一点都不好。我们没有工作，一直靠失业救济生活。雷斯很焦虑，很紧张。我努力显得不小气，不表现出内疚感、羞辱感、嫉妒和不自信，而这就耗尽了我仅有的一丁点力气，好像我也只能做到这些了。我这辈子到底都在瞎搞些什么，虚掷时光吗？就在几个月前，也许是几个星期前，我才开始学习如何爱，了解爱是什么。现在，我突然理解了婚姻，看清了我以前对待婚姻是多么轻率，知道了婚姻有多难（又有多简单）。

这里简直全是琐事。数不清的极为恶劣的坏事，大多发生在演出现场，但大多还是些鸡毛蒜皮。有一段时间，似乎所有坏事都围绕着克里利，所有人都在议论他，诉说他们的不满。而后，我突然意识到，我以前也是这样。从前，在我还很小的时候，在大峡谷，有一个服务员用一只巨大的托盘端着咖啡在餐厅中穿梭。一杯咖啡掉到地上，杯子摔碎了。她仰头望天，说了句"天哪"，便把整个托盘往地上一摔，转身离去。我一直都在做这种事。我很抱歉在背后议论鲍勃，所以决定当着他的面说出来。因此，我写了一封很讨厌的信，把我能想到的所有糟糕的事情都写了出来。你也知道，那些事情我一件也不能证明。我狠狠地伤害了他，惹他讨厌，也惹我自己讨厌。我觉得我或多或少还学到了点别的东西。我记得那些让我尊敬他、爱他的美好事情，但是从来没有觉得这些事情和他本人有什么关系。我当时还没有意识到毁掉东西有多么容易。我一直试图认定人的本质是由他的行为决定的，可这是错的。在某种程度上说，关键就在于哪些行为决定人品。该死，我发过誓，永远不会写出一封让你烦恼的信。但这正是我现在想做的。

我和古德曼夫妇度过了一个温暖的早晨，感觉非常好。不知为什么，以前我们很多时候都在谈论私事，但谈论私事是不可能直来直去、推心置腹的。昨天过得很开心，大家都在找寻有多少东西可以去喜欢、去观看、去倾听。这很美好，很幸福。

我常在这家二手书店里流连，店名是"蓝色法翁"，那本《紫土》就是在这儿找到的，我正在找作者自传。"封面是浅蓝色的，底边有破损。"书店那人说。他看不见……几乎全盲，却对所有书的封面了如指掌。他对所有书、所有事，都怀有见解。我能发现这一点，是因为他执意要我买他的书。他是盖尔尼[①]，俄国翻译家。"他们又开始重新了解我了。"现在我知道为什么纳博科夫称他为俄语翻译独一家了……因为他是个粗人。一个滑稽角色。他与卡拉马佐夫老爹[②]一模一样。他很可能是我认识

[①] 指伯纳德·吉尔伯特·盖尔尼（Bernard Guilbert Guerney，1894—1979），留居美国的俄裔作家、诗人和翻译家，曾将《死魂灵》《日瓦戈医生》等俄语经典作品译为英语。
[②] 俄国作家陀思妥耶夫斯基长篇小说《卡拉马佐夫兄弟》中的角色。

的最讲究直译的人，吹嘘自己一个西班牙语单词都不懂，却翻译了洛尔卡[①]的作品。这给我留下了深刻的印象，这是件好事，因为在我们讨论译者时，这就是一个很好的例子。翻译甚至不是为得到言外之"精神"，我肯定这一点他做得很好。他译文中的宗教大法官更加率直，更有"俄国味"，却不具美感。不过，跟他说话还是挺有趣的。他既自负又教条，总爱跺脚，显得荒唐可笑，而且说一不二。天哪，他真是爱读书，爱俄语，爱他翻译的东西和他卖的书……"如果你喜欢赫德逊，你也会喜欢这本书的，买吧……不要，哎呀，真是蠢透了！"他这样说着，而且是真心实意地感到又难过又恼火。

那些诗当然是翻译的。至于小说，他们预付了定金，从你手中订下（已经修改过九十次的）部分页的购买权。那部分他们已经读过，但那并非"正式"交稿的版本，因为我还没有写完这部讨人厌的小说。我讨厌它，说不定永远都写不完。可是不管怎么说，他们还是很喜欢，说想买下来，所以我何不把它写完，或者提交一个完整的大纲和足够的页数呢？这样的话，他们还会再预付一笔钱给我。他们和我的代理人一直来信问我什么时

[①] 加西亚·洛尔卡（García Lorca，1898—1936），西班牙戏剧家、诗人。

候能和他们共进午餐，讨论一下这本书，因为它很适合被拍成一部真正的立体声宽荧幕电影，类似于泰布·亨特在风中骑着马的那个场景。现在我又回到开头，不想给他们寄更多内容，即使是为了那笔该死的臭钱，因为就现在来说，钱是我把它交给他们的唯一原因。于是我现在开始重写，几乎在每一页都增补了内容。好在写完的大部分内容我都很喜欢。糟糕的是，我写的时候，天哪，是的，心里充满了快乐，我可以写下所有的角色，并对他们感到真正的亲昵，关心他们在下一段里要做些什么，思考他们怎样才会认为某件事是有趣或美好的。而现在，当我想尝试继续写的时候，这些感觉都没有了。我向内审视自己太久了。于是我尝试环视四周，但就像我说过的：正视周围太难了。

我看了《天堂的孩子》，你呢？

爱你们的露西亚

1960 年 2 月 6 日
纽约州，纽约市
西十三街 106 号

新墨西哥州，圣达菲市
无名路 501 号
多恩夫妇（收）

亲爱的爱德华：

过去几个星期我写了很多信——遗憾的是，有一些我寄出去了，却不记得有没有告诉你收到这首诗我们有多开心。我们都非常喜欢。细腻而笃定，真美。

爱你的露西亚

（四天后）
亲爱的艾德：

我真的非常想要和你谈谈。你的样子真切地出现在我的脑海中，十分清晰。

诚实这类东西。怎样才能做到轻率，真希望我现在是个轻率的人。事情是这样的：利特尔 & 布朗出版社跟我签了份合同——以二百五十美元购买我的小说的优先出版权——这本小说他们都还没读过，里面只有五个短篇。二百五十美元意味着他们可以读这本小说，如果他们愿意，就会出版整本书（他们会再付至少一千美元）。如果他们不想要，我还是能拿到一半的钱，一百二十五美元。

我太痛苦了。我从未如此害怕，如此不快乐——大概你会明白原因。一方面是这件事的商业味道——我的短篇达成交易（是件值得高兴的事），但说到我的长篇，他们还没读，我甚至还都没写出来，他们就会付钱，这让我很难受。另一方面，我现在承诺要写这本小说，我很害怕。我重新读了一遍写完的部分，同时思考着我认为别人会喜欢什么，这让我很讨厌它。而当我一边读一边思考着自己希望表达什么思想的时候，我就更讨厌它了。

这就是我一直渴望的东西。一笔收入——一种认可，一个正当的理由——"我是个作家"。我真羞愧。我忘掉了写作。可不仅如此——就好像我过去一直坚称自己是个作家，哪怕以歉疚的口吻，而如今我已经接受了作家这个身份。艾德，你知道吗，这是件光荣的事，是我对自己做出的承诺。现在我不得不对自己承认，这是我将一直做下去的事情。请你理解。

我完全语无伦次了。确实，在道德方面，从没有什么事对我的打击如此之大。因为你知道，我之前写信给你时说，我相信自己个作家，而非业余写手。我甚至相信我是个好作家。对于我从前的作品，我从未感到骄傲，不过这一点无关紧要，写作才是最重要的。但现在有人对我提出了要求，那我也必须对我自己、对我的写作提出要求。

唉，你能理解这对我来说有多神奇，又有多令人害怕吗？我从未过有那种信念，要像艺术家一样写作，要像作家必须做到的那样写作，纯粹地写作，因为我太虚荣了。现在既然有人说"好吧，你是一位作家"，那我也必须怀揣这种信念，从头开始。我必须开始这样做。啊，天哪，我多希望你们俩都能在这儿。雷斯又在去锡拉丘兹的路上了，这两天我都不能给他打电话。古德曼夫妇不喜欢我。玛吉喜欢钱，她只会觉得这是件大好事，无法理解出了什么问题。我希望你能理解。

艾德，你知道我为什么感到羞愧了吗？因为这对我来说来得太轻松了。对我来说，一切都来得很轻松，不是说我心里感到轻松，而是我想要的东西都能轻松得到。我羞愧是因为我知道我本可以让事情困难一点。我本可以成为作家,但是要求我更关注我看到的东西、怎样去描写它,而不是关注我的感受、我是谁,那就太难了。可我现在必须这样做,才能觉得我不是在投机取巧,才能证明那份**轻松**是有道理的。

这些有意义吗?

写到这里,我已经用掉了八页纸。其实我本该说,我原本以为自己需要的只有证明和赞美,但它们统统无济于事。我现在仍然感觉不到骄傲,也还做不到谦卑。骄傲和谦卑是我想要拥有的,也是一个人必须要拥有的。

——请给我回信。

爱你的露西亚

1960 年
纽约州，纽约市
西十三街 106 号

新墨西哥州，圣达菲市
无名路 501 号
多恩夫妇（收）

亲爱的海琳：

谢谢你那通"该死的说教"，谢谢你给我写的那封漂亮的信。自从我上次给你写信的那段狂躁又恐慌的日子之后，我一直——我们一直——都很"坦率"。我几乎相信我不会再把事情复杂化了——但是如果我再开始瞎折腾，我就会读你的信。不管怎样我都会读的，因为你写得太好了。

唉——婚姻和爱情，对我来说"很难"，是件"事"，因为我们来到这里之后我才"了解爱情"，而那是我**这辈子**第一次没有摆出爱的姿态。曾经对我而言，爱一直是一项任务，不是一种"责任"，而是某种行为，要表现给父母等人看，和他们一起，和别人一起，主要是和保罗一起，做他们想让我做的事，扮演他们想让我扮演的角色。我以前从不知道爱还有别的样子。不要在爱某人、关心某人幸福时，就感觉某些事非做不可，尤其是不要在做任何应该做的事的时候，害怕自己失败。做到这些太"难"了。

但是这种情况现在很少见了。很抱歉，我之前在有这种感受的时候写信给你——真是罪过。很久以前我以为，不再强求自己、跳出自我、顺其自然的做法是一种自私、令人羞耻的行为。海琳，你知道吗，直到最近我才做到这样。我也从来没有让任何人这样对我。你能理解这样做让我多快乐，让雷斯多快乐吗？但是，接受、认可这种想法还是"很难"。

好吧，我发誓，这是我最后最后一个问题。

如今，我们在欢笑，哪怕欠债、没钱、生病，而雨还在不停地下，我们喝着墨西哥热巧克力，听着收音机，目光呆滞。三重奏乐队在皇后区有一份工作，这对他们来说是种解脱，也值得高兴，因为那是一场爵士演出，又有一位出色的萨克斯手加入。我们第九十次约定，要记住，不能消沉。

真见鬼，一切都是那么相关、那么荒唐——比如说，我们有些又大又肥、目中无人、身手敏捷的老鼠，它们真棒！

另一个又大又肥、搞得我头昏脑涨的压力现在已经消失，于是我终于和利特尔&布朗出版社里那位"哦，叫我彼得就行"的人见了面，实际上，还有沃肯宁。

如果我最近说过沃肯宁的好话，那还是**忘了吧**。他是个代理人。换句话说，我之前并不理解代理人是什么。他就是个该死的皮条客。

不管怎么说吧，我们共进了一场文学午宴。你可能还不熟悉"午宴"这个词，那意味着在阿尔冈昆酒店喝六杯（烈性）酒、吃午餐。

沃肯宁喝了八杯波旁威士忌，他竭力不让我张嘴说话，这样他就可以对那个"叫我彼得就行"的人讲我接下来要写什么。天哪，我简直没法告诉你这有多荒唐。我只能讲一点，我去女厕所的时候，他继续谈他的交易，要求预付五百美元，让我再多写五十页。等他去男厕所的时候，我对彼得说，我不想接受，我不喜欢那本讨厌的书，我想从头开始，他们喜不喜欢都无所谓。其实彼得很讨人喜欢，有些蠢，但很正派，他被我"沉静的谦逊"（这就是他说话的语气，他说我有"如银的文风"，我以后会讲给你听的）所打动，说只要再给他们寄去一百页就行。见鬼，干吗不论磅或论英尺付钱？我可以按磅写得漂漂亮亮。天哪，他们几乎二话不说就会买下来。

这简直太糟糕了。沃肯宁想钱想疯了，而且他很生气，因为我说我根本不知道自己想怎么处理这本书，还因为不知怎么的，整件事是我和编辑在谈（你看，这个倒霉编辑把小说读了三遍，没有功劳也有苦劳，而且他还真诚地喜欢书中很多东西，然而当沃肯宁出去的时候，他却承认，那东西作为小说来看很糟糕，可他不能冒险失去沃肯宁）。

总之，他——彼得——在科罗拉多州的一个农场长大，是个软弱的准理想主义者。我们和他告别时，他在大厅里喃喃地说我太可爱了，和我的文字一样。沃肯宁也嘟囔了句："嗯，你说得太对了，亲爱的。"

除了把他踢进棕榈花盆之外，唯一的办法就是干脆对他说，见鬼去吧。我很容易就做到了，也不再觉得欠他或欠彼得什么。我去了他的办公室，拿回那个关于老人与苹果的短篇。我非常喜欢这个故事——其他的不过是一页页纸而已，他可以为它们拉皮条。

我感觉很好——也许我余生都不会再写一个字了，也许我还会写。但写作，也绝不再是一项任务。

我正在读哈代，他也是位很细腻的作家，有地域感——你不喜欢他吗？

雷斯正在读禅宗，学中文。在我认识的西方人中，他是唯一一个做起这些事来从不装模作样的人。

我们俩都很开心能认识古德曼夫妇，很高兴他们在这座城市，也为马克斯开心，他人也很好。他和丽纳今天下午还在这里，太棒了。丽纳说到孩子时（而不是和孩子在一起时）总是表现出母性，很乏味，但她很安静，其他方面也很好。

德妮丝人很好，很擅长调动大家的情绪，这是种招人喜欢的品质。比如她要是看到某人的绘画后很喜欢，就会招呼一大堆人去看。我读了很多书，若不是因为她，我是不会知道或喜欢那些书的——只有弗吉尼亚·伍尔夫除外，我一点也不喜欢她。

在自然历史博物馆里看到了彼得·奥洛夫斯基[①]，他戴着一顶猎帽站在老虎前。我们和尼克一起去的，却和他走散了。我们在大象和大猩猩之间搜寻他的身影，很吓人（也很有趣）。杰夫兴奋不已，马克却毫无感觉，因为那些东西全是假的，他甚至有点生气。不过我们都很喜欢鸟儿。

纽约现在有了多感官电影。在电影院座位上有种东

[①] Peter Orlovsky（1933—2010），美国诗人、演员，美国著名诗人艾伦·金斯堡的同性伴侣。

西能让你体验到屏幕上的所有感觉,你甚至可以攻击和反击。

盖尔尼太好玩了——只有我和马克、杰夫一起去的时候他才能认出我,他可以根据我们的身形来判断,假如我一个人去,他就会对我说些套话。他很率真,是**真正的叛逆者**,什么都靠自己。我喜欢他。

今天是星期天,我们要去阿宾顿广场,这样就不会打扰雷斯还有楼下女士的休息。她是个外国人,她说"他们又蹦又跳、没完没了,只有星期天才能消停点",也算是很客气了。

海琳,谢谢你的来信,期待你们的回信。你那边到春天了吗?

爱你的露西亚

又及:知更鸟!好像不可能。

1960 年 11 月
纽约州，纽约市
格林威治街 277 号

爱达荷州，波卡特洛市
多恩夫妇（收）

亲爱的爱德华：

"见鬼，你对这一切根本不在乎。"

你简直大错而特错。这怪我。是我自己口无遮拦。

我在意的事情太多了——包括我的写作。没错，这是个关于投入的问题——这是我的死穴——这是我的"罪"——对我来说，全心投入（到写作、爱情、神明等等之中）太难了。我一直希望有人能帮帮我，希望像利特尔＆布朗出版社这类东西能帮帮我。他们确实帮了，帮我看清楚他们是帮不了我的。我只是觉得你能明白我的重点，别再来信说金钱和艺术了。好吧，你改写了我的话来讽刺我："你，做事如此轻而易举的人。"我并没有这么说。我说的是，对我来说事情总是来得很轻松。

我更喜欢事情来得艰难些，我也希望有人要求我专心致志。但因没有人读过、甚至可能不会有人读的东西而得到报酬，并没有什么帮助。

你那封关于《蒂姆》的信是我收到过的最有帮助、要求最高的一封信。"你根本不在乎。"我太无知了，我不明白你怎么能把我当朋友。

谦虚和谦卑根本不是一回事。我不想要谦虚。我甚至不喜欢谦虚。而谦卑则意味着尊重其他事物。

我过了生日。也许我成熟了。总之，生日那天，我的代理人给我寄来了一封信——那浑蛋就像熊爸爸来钓我上钩似的——现在他可以说了——那是封回信，因为我曾写信告诉他我不想签约，除非他们读完小说。这事就别想了，签了吧——把你的脸印到护封上，就能卖出一百万册。对我而言，事情总是来得很轻松。

随后我又收到妈妈寄来的信，她忘记了我的生日，却没忘记告诉我，我一直都只会让他们失望透顶。我告诉她，见鬼去吧，我在信里是这么写的，心里也是这么想的。我已经厌倦了内疚。正式断绝关系的通知来了，说我"从来不值得让他们为我担心、头疼"。好吧，我一直在努力不让他们担心、头疼，这份努力也是不值得的。

上帝啊，我好伤心。而且那天我的钱包被偷走了，四十美元。

雷斯在第一个星期之后就没再来信，他没什么要说的，周末和父母待在一起。一天晚上，一个冷得要命的纽约之夜，我很绝望。很伤心。现在我只觉得伤心，但当时我还感到自己很可怜，很讨人厌。

电话铃响了，是巴迪打来的。我想，我本该胆战心惊——他总是在我周围转悠，盘旋不去，想要我的灵魂——但是他在那里，摸着我的头，能听到他的声音真好。

我买了一张书桌，爬到脏乱的六楼，把它搬下来。有一家人从这破地方逃走了，什么都没带走，包括玛丽·罗斯·萨力巴的一些玩具、一个花生酱三明治和牛奶杯。我回到家时，发现书桌里有她的二十五本笔记本，从刚上二年级到现在——算术，她学得很好，大多数都是教理问答——尽管修女在她心里留下了不少没用的东西——她还留下了一些词语本——我给你寄一份听写，基本都是这样的——唠叨般的词语——疯疯癫癫、神神道道的修女——可怜的玛丽·罗斯。爱德华，我很为她担心，担心教学、担心那些孩子。

我们离开后的第二天，皮特就搬进了我们的房子——孩子们现在住在阁楼上——这太气人了,他到底还是赢了,大获全胜,真是气死人。

爱你的露西亚

1961年（春）
纽约州，纽约市
格林威治街 277 号

爱达荷州，波卡特洛市（？）
多恩夫妇（收）

亲爱的多恩夫妇和芬斯坦夫妇：

嘿，芬斯坦夫妇，你们在西部大荒原过得怎么样？丽纳，那里真和我们说的一样好玩吗？

真想念家乡瓦蓝的天空。这里雨下个没完，还有雾，轮渡乱哄哄的，到晚上烦死人——百叶窗砰砰响，雾笛，半夜一点半之后，就只剩下拉水果的马车的声音，吱呀嘚嘚噗嚓。啊，仿佛在听果戈理的作品。

雷斯已经巡演两个星期了，和凯·温丁（长号手）一起合作，演出很棒！他昨天打电话来，听起来棒极了，他们每天从早到晚都有即兴演出，晚上从托莱多到勒琼营，走到哪儿演到哪儿，还有底特律爵士音乐节这样的好事。乐队有点紧张和怯场，但是雷斯很喜欢吉米·内珀

(马克斯和丽纳,你们在我家见过他)演奏的方式(太美妙了),也非常开心自己能有机会演出。另外,能挣到钱总是好的。月末前他都不在家。唉,我们太孤单了,尤其这里总是阴雨连绵。我和马克、杰夫明天要去纽约州北部的湖边,去找雷斯的莫姑妈——那里有船,有青草,会很好玩的。

海琳,很高兴能收到你的消息。快跟我说说弗雷德、查妮和保罗都怎么样了?

我没有什么可说的!一直在洗衣服。芬斯坦夫妇!唉!你们走了,生活变得多么寂静、凄凉。可能我们的西行之旅会用到绳子和锁。

多恩夫妇,你们还记得《蒂姆》这个短篇吗?我重新写了,结局不再"幸福",也不再是一个个案研究。(大约一百家杂志中)没有一家杂志肯刊登,他们说是因为故事太敏感,涉及天主教"问题"——我猜是指那位被挑逗的修女,可上个星期,一本天主教杂志买下那篇小说,稿费一百五十美元。这一次没有"创造性"的痛苦或恐慌——我迷惑极了。

马克告诉我,今天我的眼睛里布满血丝。

芬斯坦夫妇,希望你们能找到一间公寓。见鬼,要是我们也在那里该多好。这里下的毛毛雨都是热的,于是我想起新墨西哥的雨和云来。多恩，还记得去年顶着暴雨去阿拉梅达的那次旅行吗？（！）

诡异：楼下的屠夫有时工作到很晚，然后爬上楼梯去淋浴间洗澡。他们脚蹬沉重的高筒黑靴，讲德语。他们的声音，深夜时分，楼梯上，非常难听。我想起（童年时代）看战争片时那种身临其境（莫名）的恐惧。

我在马克和杰夫的房间里做了一架秋千。那只猫兴奋起来，太可爱了。

爱你们所有人。

露西亚

1961年10月24日上午7点10分
纽约州，纽约市
（西联电报）

爱达荷州，波卡特洛市
爱达荷州立大学，英语系
爱德华·多恩教授（收）

露西亚昨夜带孩子与伯林离开。毫无预警或征兆。她已失去理智。正拼命找她。赶往阿尔伯克基，来信由圣罗伦索西北街415号欧尼·琼斯转交，电话46196。

雷斯

1961年12月28日
新墨西哥州，阿尔伯克基市
伊迪斯大道

爱达荷州，波卡特洛市
巴顿路
多恩夫妇（收）

亲爱的多恩夫妇：

山上覆着雪，天气晴朗和煦，所有门窗都开着。马克和杰夫正趴在简易棚顶上射击，就像《火爆三兄弟》[①]中战死后被撑起来的士兵，几只猫也趴在他们旁边，蜷成一团。

这里的一切都开始步入正轨，似乎没有什么事情是无法解决的，尽管几个星期前都看似无法解决，唉。我现在一点都不了解雷斯了，真可怕，实际上我也很难受，因为我简直无法理解他或古德曼夫妇的感受（因为很难分辨他们到底是谁在说话），尤其是他们一直，或者说之

---

① *Beau Geste*，威廉·A. 韦尔曼执导的电影。

前一直在谈论巴迪（直到我们换了电话），说他是一个多么可恶、不顾一切、罪恶的恶魔，说他冷酷、自私，毁掉了所有人……说个没完没了。巴迪是我认识的最善良、最多情的人了。唉，关于他，关于我自己，关于生活的可能性，有那么多我以前并不知道的事情。

明天我们要去露营五天。玛丽·安弄来一辆保时捷，我们弄来了一辆露营车，车里有床、炉子、冰箱和帐篷。这简直太棒了，孩子们都开心极了。我们要去墨西哥，希望能到帕拉尔[①]去看望我舅舅。如果到那时还没有雷斯的消息，我们会在奇瓦瓦市[②]住下，办理离婚手续（再买点朗姆酒）。天哪，听起来很简单，也确实很简单。我和雷斯，我们生活的关联多么少。

上一封信中我的语气像是在抱怨克里利吗？我记不清了，我想我当时很惊讶，他居然会关心我们生活中琐碎的方面。不，其实他一直很好，有几个晚上我们一起聊天、大笑。博比一直很抑郁，为圣诞节之类的事。天哪，与那种悲伤相比，这一切是多么愚蠢，多么不值一提。

比如马克斯，他在这里待过，吃住都在这里，他借过一笔钱，还有路费和搭公车去陶斯的车票钱，他说巴

[①] Parral，墨西哥奇瓦瓦州的小镇。
[②] Chihuahua，墨西哥奇瓦瓦州首府。

迪坏话，嚼所有人的舌根，还对我说，丽纳不怎么想见我。他跟克里利坐在这里喝酒，表现得又狡诈又愚蠢，他就是这样，就是个愚蠢、狡诈的小人。我和巴迪走出房间，希望永远不再见到他。

克里利二月得去西雅图朗诵。他和巴迪正讨论我们三个人是否要先飞去西雅图，然后再去波卡特洛。那里（西雅图）有家诊所，号称有一种可以终生戒断毒瘾的药。对巴迪来说，戒毒简直太难了，尤其在这里有很多人都坚决不让他戒毒。我简直无法描述这些迫害狂般的浑蛋带来的噩梦。不过，情况很快就会好转，有了药，情况就会变好。珍·拉希本来是可以拿到那种药的，但是她现在很生气，所以不愿拿，真虚伪。唉，我以前好像多内行似的，因为我看过原剧组人员出演的电影《药头》，读过小说《裸体午餐》[1]之类的东西，说过"吸毒就像选择死亡"这类轻率的话，可实际上我并不了解。既然巴迪已经戒了，我就不该再这样说了，但是否能戒断，他不确定，我也不确定。玛丽·安和那些毒贩一口咬定他是戒不掉的。有一个毒贩（他在自己阴茎上注射毒品）在平安夜带着他十五岁的妻子、十四岁的女儿和他的狗

---

[1]《药头》（*The Connection*）和《裸体午餐》（*Naked Lunch*）都是关于吸毒成瘾者的故事。

来了,他们个个都染上了毒瘾。狗也不能幸免。他犯过谋杀罪,现在被假释了。我绝不可能让他知道我有多**痛恨**他。我很怕他,怕他会对巴迪做出这种或那种事来,他确实做得出来。不管怎么说,我们还是熬过了那个晚上,巴迪奇迹般地做到了。他们终于离开,去参加午夜弥撒了。

除了这件事,我们在这里过的圣诞节还是很美好的。我们打不起精神,感受不到圣诞的欢乐气氛,也无心做小饼干之类的东西。但是,起码在圣诞节早晨,我们大家都聚在这里。邻居都很友好,来与我们一起吃猪肉玉米汤。几天前的一个晚上,我们举办了一场很棒的派对,所有人很心怀善意,笑啊,吃啊,玩得很开心。之前我和巴迪都从没举办过派对,太开心了,一场欢庆。

巴迪刚给我打电话,说我们得为旅行买些食物,我要去换衣服了。

(过了一段时间)唉——旅行最终还是泡汤了。进口汽车税之类的事情,而且还得去圣达菲让玛丽·安(再)签几个字。去圣达菲却不和你们见面,这很奇怪。还有新的麻烦,律师要收巴迪六千美元(每人三千美元)的离婚费用。所有事情都太复杂了,还有四场官司要打。巴迪大概很快就会倾家荡产。马克斯、雷斯等人以前嘲弄巴迪是"无所事事的成功商人"。他做什么事都不会半途而废——他在那个发展过快的可怕生意中投入太多，他到底是怎么做到这一切的，真是了不起。

还有，真开心可以看到弗雷德、保罗和查妮——美丽又光彩照人的查妮——她的眼睛真亮！弗雷德，我都认不出他来了，长这么大，成小伙子了。还有保罗，还是那样害羞、那样可爱……啊，天哪，我已经把这些照片看了一百遍。我真希望能见到你们。请回信。

爱你们的露西亚

又及：喂。对了，现在是一九六二年，我对新年产生了一种从未有过的感觉。

一九六一年底，就是我写上面的内容的那天，我和巴迪去那个可恶的律师那儿讨论六千美元律师费的事。那律师说："这一切都没让警察、贷款公司之类的知道，这钱花得值，对吧？"（指玛丽·安的毒瘾）诸如此类的话。他就像在敲诈勒索，却那么自以为是，真卑鄙。于是，巴迪还是付了这笔钱。

我们最终还是去野营了四天，在陶斯的山上——天气晴朗，景色优美（只是冷得要命），但是车上很暖和，我们玩得很开心，徒步行走，或只是坐在阳光下，看喜鹊和冠鸦。我们在杰伊·沃克家住了两天——刚开始我们以为他肯定乏味透顶——因为他说要"拍摄日落景色"什么的。但他和妻子都是很好的人——很幸福。新年前一天，我们拍了日落景色，然后就睡了。第二天早上起得很早，在山上踏着积雪走了一英里。能听见印第安村庄传来的音乐——非常动听，太安宁了。

克里利刚刚来过，说你们过得不错。爱德华，你没接受那份工作简直太好了。

还有什么？我们旅行归来，神清气爽，感觉这里的事物也都明朗起来。我很快就会写信给你。

哦，对了，那个毒贩在埃尔帕索被抓了。我还是为他感到难过，但是总算松了一口气。

爱你们的露西亚

1962年5月17日
新墨西哥州，阿尔伯克基市
伊迪斯大道

爱达荷州，波卡特洛市
巴顿路
多恩夫妇（收）

亲爱的海琳和艾德：

是的，我们还好，但不是特别好……我好像只有在情况特别好或者特别糟的时候才写得出东西来……过去的一段时间真的太糟糕了，以至于上个月，只是因为春天来了，能够安安静静地聆听、放松，就宛如置身天堂。小草终于冒出芽来。风暴已经持续了四天，天很冷，今晚只有华氏二十八度[①]。但假如风暴造成的破坏不太大的话，几个星期后我们的院子就会变得非常美。离开城市本身就令人十分快乐，光线那么充足，可以毫无顾忌地在进出时使劲关门。花了几个星期时间翻地、栽种……

[①] 约等于 $-2.2℃$。

许多葡萄藤、千万棵巨大的向日葵,还有挺过风暴、迎风盛开的矮牵牛,明艳的粉色和紫色。玉米长到了一英尺高,西红柿都死了,大波斯菊四处盛开。如此娇柔。其他的植物都半英寸高了,我真心希望它们别全被冻死。我们播种,它们生长,一切都太不可思议了。

我和巴迪于四月二十六日在伯纳利欧结了婚,那天是杰夫的生日……唉,我们就像那些结婚二十五年后重新举办婚礼的人一样。伯纳利欧的治安法官是西班牙人,他即兴主持了一场妙不可言的婚礼,他问:"那么……你们是否愿意,无论顺境逆境,承诺彼此相爱,承诺忘掉过去,与对方共度余生?"说得太好了。那是个春雨绵绵的日子。

啊,我们会信守承诺,尽管将来的日子似乎依旧艰难,真希望现在已经是结婚两年以后了。其实对我来说,十月跟巴迪一起离开纽约并不太难,因为我太想要变得幸福,太想去爱,太想要更多的东西。单单是承认这一点,就解决了我的很多问题。巴迪自从三月起就没有再吸毒,但问题仍然存在。更大的问题是那份该死的工作(进口汽车之类的),巴迪根本不想做……但是他每天早上都去上飞行课。他很喜欢这门课,学会开飞机能让他上班更方便,去米德兰和敖德萨旅行的可能性也更大。

工作对于巴迪来说太难了。我原先了解的那些男人，或者说我爱过的那些男人，保罗、父亲和艾德，他们都很热爱自己的工作或手艺，或者至少雷斯是这样，他的工作正是自己想做也唯一想做的事。我以为，巴迪曾经觉得和我结了婚，生活会有很大不同，去做汽车销售也是为了照顾我们。然而三月出现的一些波折表明，情况并不会有多大变化。但我认为变化还是会有的，我们都曾经鼓起勇气从歇斯底里的情绪中走出来。如果我们在阿尔伯克基无法做出改变，那就分开，各自找出路。我把事情说得比实际情况或者普遍情况（就仿佛人人都很幸福似的！）更黯淡，但是到现在为止，我们对一切、对自己、对彼此的要求都太高了。我们以前"随遇而安"太久了，已经无法做出改变。

来阿尔伯克基并没有起到作用……上帝啊，这个地方太可怕了。我总是匆匆走过二手商店和裘皮外套回到家，家太好了。而在纽约，我只有独自一人在城中漫步时才感觉自己还活着。

我弄丢了我写的东西和舅舅的书，到现在依然很沮丧。上帝啊，这种损失对我来说如同切肤之痛。

马克和杰夫正在荡秋千，累坏了，一身土，交到了一些很要好的朋友，泰山早上六点就在台地另一端喊他们。我附上几张照片,在杰夫的生日聚会上拍的。他长大了。我之前遇见一个邻居,与我们住在同一条路上,大概隔着四户,他说有一天杰夫到他家门口,说:"你好,我觉着该过来看看情况怎么样……你们好吗?"他说这话的时候,马克和杰夫正在他们的房间里瞎折腾,搬家具、扫地。我问他们在干什么,结果发现他们正在为小宝宝收拾一块"地盘"。他们俩因为宝宝的事兴奋不已,摸我的肚子,感受胎动……马克想给宝宝取名"马克-杰夫",杰夫想叫她"莎伦-米歇尔"。你们也给些建议吧。

　　事实上,取名差不多是目前最大的问题。我觉得应该是一个男孩或者一对女孩。我的肚子现在非常大,跟怀前两胎最后一个月的时候一样,很不舒服。我们最近计划帮克里利夫妇搬到温哥华,然后再去拜访你。怎么样?我觉得可以。从现在起,他们的情况的确会好转……看到他们一起那么快乐,真好。但是我不确定是否能去,我可能得等巴迪完成四十还是多少个小时的飞行训练。夏天你们会干什么?我一心想要见到你们。能从克里利夫妇那里听到你们的消息真的太好了。博比很擅长边比画边声情并茂地描述。我觉得好像亲眼见到了你们一样。她把孩子们和房子的事都原原本本地讲给了我。另外，尽管你已经说过了，但我还是很高兴听他们再告诉我一次，事情进展非常顺利。确实很顺利，对吗？我觉得一定是。

我的妈妈现在在西雅图。既然从前她真正想要的就是离开爸爸，离开智利，那她就应该更坦诚。但据说她现在在西雅图，因为她一直由于营养不良而掉牙，而营养不良又是由于我伤了她的心。我每星期给她写两封信，完全是看在妹妹和爸爸的面子上，但自从十月开始就没有回信了。我在智利的朋友写信问我过得怎么样。朋友说见过我妈妈，向她打听我的情况。妈妈说我就是个娼妓，已与我断绝母女关系。说得还挺押韵的。

真希望我们能多见见克里利夫妇。他们不常来这儿，我们去拜访他们时，他们家又总是挤满了人，大多数是年轻的崇拜者，对他们，对鲍勃来说，某种程度上这是件好事。我觉得在温哥华应该会更好，有更多可以交流的人。

你有古德曼夫妇的消息吗？虽然我仍对他们好心的干预和占有欲心存芥蒂，但我也很想念他们。我觉得德妮的书很棒，文笔优美，尽管那些关于艾希曼的诗让我心烦，像是在赶时髦。克里利的书真美，那些诗也写得很美。

真希望我会更多的词语。

巴迪刚刚打电话来。唉，今天上午我一直以为他在办公室，原来是去开飞机了（他一般早上六点去，然后赶在起风前去上班）。刚才他一直在拉斯维加斯附近的暴风雨中飞行，在这场沙尘暴中降落。谢天谢地，幸好我不知道。他真是太喜欢开那架飞机了，尤其是在清晨时分，他说那时候景色很美。从现在开始他早上五点钟就出门，因为那是日出时间。我觉得他应该非常喜欢今天早上的景色，因为大多数时候，他只是飞一圈就着陆，为飞够拿执照需要的时间。但这还是比开保时捷安全，毕竟有那么多疯子开着车到处跑。要适应汽车，好奇怪。我很怀念地铁，真的很怀念。还有海洋。

我有没有告诉你去阿科马普韦布洛的事？我希望我说过了，因为我现在必须停笔了。孩子们没吃午饭，饿坏了，把香蕉都吃光了。你需要红辣椒吗？

随信寄去一些被风吹落的牵牛花，说不定你看到的时候，它们的颜色还和现在一样可爱。

好吧，不管怎么说，我们总会去看你们的。你们有没有考虑过来这儿，或者你们去东部的时候把孩子们留在这儿？也许要等一个合适的时机……对了，你记不记得我们刚认识的时候，我曾制订过一个高效的计划，让你们坐我们的车去圣达菲？也许巴迪可以开车把克里利的东西带过去，再把孩子们捎回来，你们可以过一阵再来什么的……不管怎样，我希望能尽快见到你们。

爱你们的露西亚

1962 年（夏）
新墨西哥州，阿尔伯克基市
伊迪斯大道
（明信片）

爱达荷州，波卡特洛市
巴顿路
多恩夫妇（收）

亲爱的多恩夫妇：

看样子旅行必须得推迟了。孩子随时可能出生。关键是别早产。所以，我们还是等到秋天，然后全家一起去看望你们。

我只见过那些饱满的玉米粒，还没去过老城区。但我的确买了一个打折的炖锅，应该快送到了。以前我一想到那个烤箱就很烦恼，因为用它做饭，每月电费就要十美元，而用炖锅也能做很多东西。如果不想要的话，还可以把它卖掉。唉，本以为能见到你们了，我还兴奋了好一阵子。你们有克里利夫妇的消息吗？如果有他们的地址，请告诉我。我会很快再写信。

爱你们的露西亚

1962 年 9 月 20 日

大卫·何塞·伯林

出生三小时！

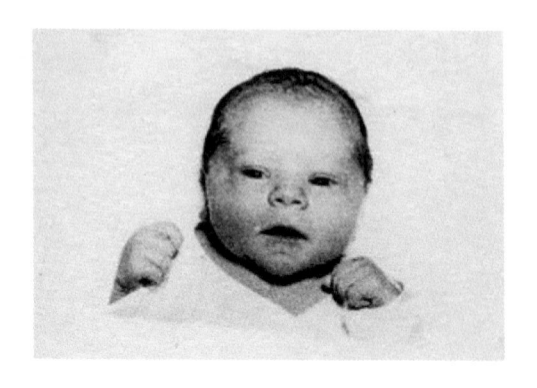

1962 年 9 月 23 日
新墨西哥州，阿尔伯克基市
伊迪斯大道

爱达荷州，波卡特洛市
巴顿路
多恩夫妇（收）

亲爱的多恩夫妇：

嘿！瞧瞧这是谁！多么可爱、漂亮、招人喜欢的小宝宝！胖乎乎的（八点五磅），精神、好玩又可爱。

我们太幸福了，除此之外想不出该说点什么。我会很快再写信的。

爱你们的露西亚

1962年（10月）
新墨西哥州 阿尔伯克基市
伊迪斯大道

爱达荷州，波卡特洛市
巴顿路
多恩夫妇（收）

亲爱的多恩夫妇：

下一页是我大约一个月前写的一封信。

那之后，我妈妈来了。（就是我们回家的那天！）**太棒了**——终于终于，我们能够和平相处了。这件事很美好——整个过程都很美好（我们所有人之间，尤其是她和巴迪之间）。

紧接着下个星期，巴迪的父母和姐姐也来了——他们现在还在这里——他姐姐很可爱，一切都好，因为人人都很开心。可还是挺闹腾的，做饭，吃饭，观光。不，不，我们很开心，或者等所有人走了就会很开心。大卫很好，笑嘻嘻的，咿咿呀呀。很快我会好好写封信的。

对不起让你们牵挂了，其实完全不用担心。巴迪很好——鉴于所有父母都会有压力,他感觉很棒了。唉,很抱歉我没有写信,让你们担心了。

　　献给你们所有的爱。

露西亚

1962 年 11 月 19 日
新墨西哥州，阿尔伯克基市
伊迪斯大道

爱达荷州，波卡特洛市
巴顿路
多恩夫妇（收）

最亲爱的多恩夫妇：

希望上次那张便条你们能看得明白……很抱歉，我连张明信片之类的都没给你们寄……我动笔写过好几封信，但是从来都没有挤出超过半个小时的时间把信写完，所以都不了了之了。艾德，我之前给你写过一封信，谈关于幽玄[①]的那首诗。谢谢你把它寄给我们，写得真棒。啊，其中的意蕴好像十分丰富，我是说可以写成一部更宏大的作品。关于巴勒斯[②]，你说的那些话都太棒太棒了。

[①] Yugen，日本传统美学中的概念。
[②] 指威廉·巴勒斯（William Burroughs，1914—1997），美国小说家、散文家及社会评论家，"垮掉的一代"文学运动创始人之一，代表作有《裸体午餐》等。

所有内容,从有根据的假设到一切说法(但索伦蒂诺[①]对巴勒斯的那些评论并无根据,虽然我同意他的观点)都很棒,因为你没说与那些书的写作技巧相关的东西。恐怕我们在讨论你的作品时一直都夹杂着许多个人感情,但这也很好。无论如何,很高兴你能把作品寄给我们,让我们读到。这首诗还有后续吗?也许可以再长些,也应该再长些。

昨天,巴迪的家人离开了。总算松了一口气,但是告别的时候,我们真的很难过。我们一起度过了一段非常美好的时光,每个人都很开心。我们(总是)一起吃饭、大笑。他们都心地纯良、胸怀开阔。我爱他们。他们过得很愉快,尤其是和宝宝在一起的时候,但是其他方面他们也很喜欢。我们带他们去了弗吉妮亚居住的小镇圣菲利佩。弗吉妮亚和巴迪的父亲交上了朋友,她曾通过我肚脐的位置预测出大卫的性别,这让他刮目相看。他们俩为谁接生过的孩子多、怎么接生而争论(遇到难产的情况,她就用一只黑蜥蜴泡茶给产妇喝……他最终同意这种方法是有效的)。她邀请我们所有人去她家,他们遇到了镇长,参观了真正的印第安人晒玉米等等,感

[①] 指吉尔伯特·索伦蒂诺(Gilbert Sorrentino,1929—2006),美国诗人、小说家。

到非常兴奋。弗吉妮亚和她的家人那么好看、那么文静——你只要见到他们，就一定会受到感染。

去年发生了那么多糟心事，可唯一让巴迪的爸爸（其实他这人有点无趣）心烦的竟然是汤里连一只犹太丸子[①]都没有，于是他上次来的时候，大部分时间都在教我做饭。这次，按曼妮的话说，我在锅具上真的花了大功夫。荞麦粥、炖牛肉、甜什锦菜、白菜卷、带犹太丸子的鸡汤，各式各样（都很美味）。刚从布鲁克林空运过来的贝果。真好，看到巴迪带着大卫，又胖又健康，他很开心。他不是在吃我做的美味的犹太食物，就是在亲吻所有人，或是热泪盈眶地抱着大卫，说："真想不到。"

唉，我总是禁不住想起雷斯和利特尔福尔斯，想起那个美丽的地方，想起山谷中的延龄草和百合花，还有人们退隐山林的生活，原谅我说得这么俗套，应该说他们那种令人心痛的孤独。早上六点半，我要起来给大卫喂奶，不知怎的，马克，杰夫，巴迪的父母、姐姐，所有人都会穿着睡衣坐在床上，互相亲吻，为大卫而惊叹。

[①] 用逾越节期间犹太人吃的不发酵面饼做成的丸子。

啊，大卫太可爱了。海琳，我希望你能早点见到他。他总是开开心心的，很好玩，很放松，对一切都很满意。开心地大笑，是真的笑，好像一切都又奇妙又有趣。

我妈妈的到访也很棒。五分钟之内，一切都变好了。我说的是真的，平生第一次，我们之间只有爱和友善。我无法说清，一大堆令人痛苦的怨恨顿时**消散**，这对我来说意义有多重大，也许你们现在已经懂得了。我感觉一切都不一样了，我好像长大成人了。我特别开心，因为现在我们有好多话想和对方说。我必须承认，她对我大发脾气，比如我在纽约的那段日子，多少是对的，她有她的理由，因为她认为我过得并不好，觉得我的选择是错的，我把事情搞得一团糟。确实如此。

总之，现在这里很安宁，很冷但是很美。我得去穿好衣服了。现在三点，马克要回家了。我一整天什么都没做，就和大卫坐在阳光下，叠尿布，喝咖啡。

我们现在可以开飞机去北方旅行了，但是又因为天气有点犹豫。机翼上结了冰，那架小不点飞机里还进了雨水之类的，十分吓人。所以，我不知道我们能否去得了。但我真的很期待见到你们。

你们有乔治的消息吗？马克生日那天，我给费德威商店打电话，问他们有没有价格在十美元以内的帐篷。

那人说:"有的,女士,我们有一顶很好的帐篷正在打折,它很大,可以让两个男孩和几个小女孩一起在里面玩医生看病的游戏,就是您想要的那种,尺寸是十乘四乘十二……"他跟我聊了半个小时,说这个帐篷有多奇妙,于是我去了市中心的店里,结果发现接电话的人就是乔治,而且他们根本没有那顶帐篷!但是和他聊天太有趣了,跟着他在那个巨大的帐篷仓库或库房里转来转去,看着他爬上爬下,还一直说个没完。他太好玩了。这里人太少了……现在,(对我们来说)唯一的坏事就是没有人值得我们去拜访。

马克到家了。我得去换衣服、梳头,收拾一下。他在学校里很开心,学着读牙膏管上的文字、看交通指示牌之类的,什么都学。他高兴死了——交了些真正的朋友——非常非常开心。杰夫也是,不过他一直都很开心(我想,他以后也会很开心)。

总之,要是之后你们没收到我的信,也无须担心。看起来一切终归会顺利的。我本想给你打电话,但是家里一直有人来。不过,如果你想要打电话的话,拨344-4141,定人呼叫,接电话的人付费,这样我就知道是谁给我打的电话。我会拒接,然后用进口汽车公司的信用卡给你打回去。具体是怎么操作的我不知道,但我肯定巴迪是不用付电话费的。

爱你们所有人。

露西亚

1962 年（12 月）
（去墨西哥阿卡普尔科途中）

爱达荷州，波卡特洛市
巴顿路
多恩夫妇（收）

亲爱的多恩夫妇：

我们正在飞越惠乔尔山脉！天气多么明澈——我们今晚就能到达阿卡普尔科。

本想给你们写信、寄圣诞包裹的，只不过，唉，一直没时间。我希望你们一切都好，圣诞快乐。

啊，我们会的——昨天下午从阿尔伯克基出发——迎着可怕得让人心惊胆战的暴风雨飞到奇瓦瓦。巴迪是个**非常优秀**的飞行员——听他呼叫塔台简直太棒了——起飞叫"despegar"，意思是剥离或者扯开。我现在（对飞机）懂行了，不只是觉得它很好玩什么的，而是真的一直在确定航向（可能搞清楚方位的唯一方法就是通过河流、池塘和湖泊来判断），所以身处大地、天空、天气之间，你就融入了整个世界。此刻，我们在飞越雄伟的山脉，有一万英尺高，从地图上看，大概还得再飞大约五英寸才会有村庄或道路。刚看到一个。

到阿卡普尔科过夜，然后再飞去锡瓦塔内霍，但是如果你把信寄到灯塔餐厅或峡谷餐厅，我们会收到的。

巴迪刚刚打开无线电，播放墨西哥音乐！大卫在我腿上睡得很香。现在马克和金戈已经觉得无聊了，很难受。

下午一点，瓜达拉哈拉！

有人把正在发生的事写信告诉你，是不是挺让人烦的？反正我是从来不信的。

我们到这里了——只剩一个半小时的路程了！（我们会提前到达。）整个旅程，从阿尔伯克基到阿卡普尔科，需要八个半小时。这里太美了。很**热**，华氏八十度①，有棕榈树、粉色的**报春花**、灯笼花、夹竹桃和**鲜红**的剑兰。我爱阳光，爱温暖，还有墨西哥的人们。

天哪，能来这儿真是棒极了。我们走向机场，和去年（第一次坐飞机时！）一样，头晕目眩，昏头昏脑的。

无论如何，经过了昨天的暴风雨和群山（地图上说最高峰有一万英尺，但我们得飞到两万英尺高），我们勉

---

① 约等于 26.7℃。

强做到了。

我们不久后就会到波卡特洛。真希望你们都在这里。

新年快乐!

爱你们的露西亚

1964 年 7 月 15 日
新墨西哥州，阿尔伯克基市
麦迪逊大街

爱达荷州，波卡特洛市
巴顿路
多恩夫妇（收）

亲爱的海琳：

你的欢迎信前几天刚刚追上我们，是经由瓦哈卡州（感谢效率高得难以预料的墨西哥邮政系统）寄来的，还有《野狗》[1]——有你做的漂亮的封面。这期杂志太棒了。哇，能在《野狗》上刊登，我感觉好开心。请替我谢谢德鲁和艾德。

我们从墨西哥回来了，感觉很陌生，如同置身异国，思念家乡。那段时间很愉快（将近一年）。巴亚尔塔太美了。唉，为什么像圣达菲这样美丽的地方都挤满了人？他们无法忍受一丁点不美丽、不安逸的东西（大概我们

---

[1] Wild Dog，20 世纪 60 年代由爱德华·多恩主编的杂志。

也正是因此才去那里的吧——仿佛去了就可以快乐、简单地解决问题)。

我们在恰帕斯州、瓦哈卡州和危地马拉度过了四个月——大多数时间都待在瓦哈卡山间的房子里——太棒太棒了。但可恶的是,我们并没有"真正的"理由待在那儿,它又不是我们的祖国(可这就是我们来这儿的一个原因呀!)不管怎么说,人总不能一直观光旅游。

我们曾计划建一栋房子,努力开始某种新生活——但是这两件事都让我们很灰心。**处处碰壁。**

于是,我们又回到了起点,只是连"干脆去墨西哥不好吗?"这样的梦想也不复存在。巴迪有个(非常!)糟糕的问题:如果他留在这里,在进口汽车公司工作,一年可以挣两万美元,还可以开飞机。但是他就是忍受不了这份工作,而假如他什么都不做,他还是能挣到五千美元——他又受不了无所事事——可他要是有五千美元收入,也就没有理由去做别的工作了。比尔·伊斯特莱克想让他饲养奶牛。对了,比尔骑马时遭遇了严重事故,肺部被刺穿,身心俱损。现在他的状态还可以,但还是很不舒服,很痛。能见到他和玛莎真好——他们有很多优秀的品质。

说起克里利夫妇,我们到这里的前几天见到了他们——当时我们就住在他们家——我们去得很不是时候，因为鲍勃有很多信和文章要写。博比则在装修他们（古怪的）新房子里的几个新房间，而我们也急着（？）[1]回阿尔伯克基，就和我们之前在波卡特洛时急于逃离阿尔伯克基一样（我们那时真是给人添麻烦，现在想来还觉得很抱歉）。因此我们难得见到他们。孩子们则看电视，从早上七点半看到晚上九点。

唉，那是最让人难过的一点。马克、杰夫和大卫在墨西哥玩得太开心了，对他们来说，那里的生活又好玩又简单。这么快就要回到电视、冰棒和滑板的世界，好像感觉怪怪的，因为仅仅一个星期前，他们还整天同尼科和他的六十头山羊待在山上，夏季下暴雨时就躲在山洞里，吃面包，喝山羊奶，每天回家时带着十几个冒险故事和宝物，身上到处都是晒伤、割伤和划伤，可是**开心得不得了**。

杰夫不想离开瓦哈卡州。他坚决地说："不，我要留下。"后来，他又问："那你们以后还会来这里吗？"我们还以为他会因为我们的离开而难过，会想念我们，于是说："不会，我们可能不再回来了。"我以为这样说，

---

[1] 此处作者将"hurried"（急着）拼成了"harried"。

他就会决定跟我们一起走——可他却说:"那好吧,我是真要留下的。"他现在还总是要求回去。

噢,我写了一篇很傻的,怎么说,对勒鲁瓦[1]反对人们侨居国外的观点的戏仿——只不过我同意他的观点(我们美国人就应该待在**这里**)——所以,这篇东西实际上没什么用——除了关于那些极为廉价的仆人的内容(能有水槽、热水和司丽尔牌清洁剂,而且没人整天在周围转悠,我太开心了)。结果总是我为所有女仆和她们的(十个)孩子做饭(所以她们倒确实会洗碗)。对我来说,这种关系很糟糕。而且唯一的问题出在大卫那儿——女仆们会与他形成严重的弗洛伊德式关系,她们一辈子不结婚,因为就算结婚也绝对生不出这么漂亮的孩子,所以宁可奉献一生把大卫宠得不像样子。每天早上都会讲她们梦见和大卫"在天堂独处"。而大卫在茁壮成长,竟然丝毫没被宠坏,太惊人了——他深情、机灵、可笑又可爱。他自信,深受宠爱。他不会说英语,在西夫韦超市的双重优惠促销日,坐在购物车上对整个超市大喊:"CALLATE LA BOCA[2]!"

---

[1] 即勒鲁瓦·琼斯(LeRoi Jones, 1934—2014),非裔美国诗人和剧作家,后更名为阿米里·巴拉卡。
[2] 西班牙语:你闭嘴。

我们现在住在一个古怪的小公寓里，在阿尔伯克基中部某处，离学校很近，购物也方便。马克和杰夫在上暑期学校，我就去逛街。（两个街区开外就是莱文百货，还有卖布料的、卖用玻璃纸包好的肉和去皮切块的鸡肉的！）我可能永远都看不惯鸡吃的东西。我们住的小区肯定可以作为某项社会学研究的对象或被写进奥威尔[①]的某部作品——人人都工作——妻子当秘书，丈夫大多在桑迪亚、公共服务公司、燃气公司或电话公司上班，婚龄两年，无子女。早上八点到下午五点，周围四个街区**空空荡荡，一个人都没有**。没有人用水管浇水，也看不到车辆，下午五点钟，人们都回家了，紧闭门窗，打开空调和电视。偶尔会有某个女人出来晾衣服，或某个男人出门倒垃圾。但多数时候，他们都趁星期天给草坪浇水的时候做这些事情。（美好的水淋淋的星期天！）

我爱桑迪亚山脉，和这里的阳光。

另一种唯一能让我如此兴奋的自然风光就是田野，让我联想起爱达荷和蒙大拿的群山——意想不到的澄澈与开阔——这也是我那么喜欢雷的画的一个情感原因。我们昨天已经托人把那幅画寄来了——希望不会太晚。

[①] 即乔治·奥威尔（George Orwell, 1903—1950），英国著名小说家，代表作有《一九八四》和《动物农场》。

我太开心了!

从来没有收到过梅格的消息——也从来没有写过她或他们可能会发表的东西——除了一次几乎是对她的《诗人集会》进行的滑稽模仿,那是一次偶然的聚会,出席者是(?)来自[①]加州,是我们在瓦哈卡州认识的金属工人(焊工、电工和木匠)。那是几个很狂野的家伙,三四十岁,喜欢**冲浪**,他们在洛杉矶干建筑,盖六十层高的楼房。他们的故事**很离奇**。他们挣的钱够多,可以把多数时间花在冲浪、找刺激上。不管他们算什么,反正不是"垮掉的一代"。他们身上有文身,留着板寸,一身肌肉,嘴里叼着牙签。他们去巴亚尔塔(我们从未在那里见过他们)冲浪、钓鱼。他们在安赫尔港花光了钱,于是去了瓦哈卡州——从英格兰进口 LSD 和麦司卡林[②]——这在墨西哥是合法的——然后运到洛杉矶卖掉,发了**财**。这买卖他们干得很开心。

他们是我们那时候见到的唯一一伙美国人。我猜大概是因为我们西班牙语说得太好,也可能是因为我们没那么美国化,所以交往的多是墨西哥朋友。这也基本上是我对勒鲁瓦的文章表达的粗疏论点的核心。我们没有

[①] 此处作者不确定用"of(表示所属)"还是"from(来自)"。
[②] 两种都是迷幻药。

像在锡达酒吧（？）（我太落伍了）或者在旧金山那样和美国人相处，而是"深入墨西哥生活的每个角落"。**不过这并没有什么意义。**（我们最好在民族、文化等方面强大起来，应该在街边酒吧里与巴迪父亲所谓的同胞相处。）

我依然不确定为什么那样做并没有意义——但是确实没有意义。我宁愿深入到这里每一间单调乏味、毫无新意的公寓中（我曾经尝试在那篇有关高贵野蛮人、**题为《妈妈和爸爸》的糟糕的故事中这样做**），尽管我们在墨西哥时，无论走到哪里，都能在所有认识的人身上看到美（不是我煽情）和**尊严**（不是妄自尊大），而在这里，没有人拥有这样的品质。但是这对我来说很**陌生**——美国人真正具有的尊严同民族主义、家庭、传统、宗教等等毫无关系，而是真正的个人的尊严、道德的尊严。哦！说到这里，我的爱国之情油然而生，很高兴我回来了！

我跑题太远了。请给我寄张明信片吧——我很想知道关于纽约（你见到雷斯了吗？）和布法罗的情况。

想象得出你们全家人坐着那辆炫酷的新敞篷车驶过密西西比河的景象！！

嘿，等你回到家时，要是我们还在这里，要是你想给我打电话的话，我是真的很想听听你的声音。我们的电话是 255-9458。打给我吧,接电话的人付电话费(我们是不用付钱的)。

爱你的露西亚

又及:请给我写信——哪怕只是张明信片也行。我想念你们所有人,十分想念。

再及:我爱上了林戈①,所以剪了一个披头士发型(以前染的头发才刚剪掉)。

---

① 指林戈·斯塔尔(Ringo Starr,1940—),原名理查德·斯塔基,英国音乐家、演员、鼓手,披头士乐队成员。

1964 年 10 月 15 日
新墨西哥州，阿尔伯克基市
西北区，水果街 1500 号

爱达荷州，波卡特洛市
巴顿路
多恩夫妇（收）

最亲爱的多恩夫妇：

我小时候发过誓，绝对不会说这种话……可是，哎呀，尚①，你都长这么大了！谢谢你那封动人的信。

现在情况好多了，我不知道该怎么形容才好，也说不清为什么。我们刚从波士顿和纽约回来，而现在，我们在这里喝着大概是今早的第十杯咖啡。我们彼此倚靠，笑啊笑。唉，无论发生了什么（到底是什么？），一切还都挺顺利、挺简单的。可是，就像今天早上，我们开始梦想重返巴亚尔塔，于是巴迪说他要开飞机南下，为我们找个房子再回来。然后，我们可以找辆车，一起过去。

---

① 海琳与前夫的女儿尚索奈特（Chansonette）的昵称。

孩子们可以去上学，我们也可以在家里教他们。喂，说不定我们出发前会去看你们。（天哪，那可太棒了。）

（大卫刚刚醒了，抢占了打字机。）

无论如何，我们又回到一年前生活的地方（只不过我把家具都卖了，花草都送人了），这件事不再让人沮丧，想来反倒十分滑稽。三年前我们私奔的时候，巴迪的父亲谈到时间，说生活在继续，谁知道他当时想说什么。但是，他预言般地说，世界旋转不停，周而复始，这就是生活。

波士顿之行太美妙了。我们在那儿的大半时间都哭哭啼啼——比如巴迪的爸爸，一个被宠坏的满腹牢骚的（老）家伙，真让人受不了，温柔伤感得要命，第一次对巴迪那么亲切——巴迪的姐妹们依然吵个没完，为谁会继承戴夫叔叔的百万遗产担心。（她们不知道，可我们知道——她们会被气死的——他把所有钱都留给了一个十九岁的空姐！）我们去一个糟糕透顶的老人院看望路易斯叔叔——那里就像个超现实主义地狱——那些老头和老太太的眼睛令人不忍直视。我们与一位护士和一位坐轮椅的老人乘同一趟电梯上楼。那位瘫痪的老人如同一具瘀青的骷髅。我和巴迪、戴夫叔叔谁都没认出那就是路易斯叔叔，最后还是巴迪认出了他。他叫道："路易斯叔叔。"老人看着他,笑了,满眼泪水。就连那位护士都哭了,因为这是九个月来他第一次对事物做出反应。

唉,一切都很奇怪,所有人都像犹太教哈西德派某个故事中的各种天使或先知。哦,还有,能够离开孩子,参观博物馆、听音乐之类的,这真是太棒了。波士顿和皮博迪的博物馆都精彩绝伦。我们在纽约玩得很开心……哎,和巴迪一起在那里太好了。见到了亨利,我那亲爱的浑蛋经纪人,会面很开心,与内珀夫妇的会面也很开心。只不过后来发现,因为和明格斯的那场官司,吉米留下了案底,很久之前在列克星敦坐过牢。明格斯曾试图设计陷害他,给他寄去一包毒品,同时又暗中通知了联邦调查局。可他那套把戏太拙劣了,最终没有得逞,联邦调查局只是找他们要了我的照片。他们好像认为我和巴迪在干走私之类的勾当。这倒没什么,因为西雅图那场疯狂的噩梦已经过去快两年,无须再担心了。但有个问题,我们发现他们监听了我们的所有电话,现在仍然在监听,他们知道我给内珀夫妇写过两封信。但我们不知道他们是否读过。吉米说,他们真正感兴趣的好像是我。我猜是因为各处的药店里都留有我的名字(是合法的)。不过,除此之外,我们还被跟踪了,而且阿尔伯克基的所有熟人都告诉我们,他们被人问过话；巴迪在墨西哥被监听过，但还没严密到需要止咳糖浆的程度。这里还发生过一些其他事，都让人感觉墨西哥好像十分自由。再加上他正被监听，他想喝一两瓶酒时，我们俩都不敢去买。我不知道自己是怎么惹上这档子事的，唉，但我的疑心够重，还知道写信时不要提及丹吉尔的突击搜查，不要提名字。当我听说他们居然连那些信都知道的时候，我就想到了那一点，而且要是某人（他）因为我的信被抓（好像所有的私事他们都知道），该是多么辛辣的讽刺。

说到纽约的情况，最让我感到解脱的一件事可能就是没去见德妮丝和米奇……天哪，他们曾是我的纽约生活中多么重要的部分，而在怨恨了他们这么多年之后，我意识到，我爱死德妮丝、米奇和他们古怪的儿子尼克了。而且，我甚至不再恨妈妈和弗兰基·费尔南德斯了……事实上，大概除了博比·克里利和隔壁那个二年级辍学生之外，根本没有人能使我心烦。

还有什么，对了，能回到家、回到新墨西哥和孩子们身边简直太棒了，甚至飞机在飞过这些山脉和晴空时也高兴得颠起来。

（唉，真要命，为了把大卫从打字机边支开，我拿出一盒喜瑞欧麦片和糖罐跟他做交换。）

多谢你们给的那些漂亮的雷东[①]画作……能看到它们简直太棒了。波士顿有一幅画着两个人物的风景画……假如你在那里或在那附近的话,可以去看看。我们想找吉恩和帕特,但是没找到,你们有他们的消息吗?

再见,希望我们早日相见。

爱你们的露西亚

[①] 奥迪隆·雷东(Odilon Redon, 1840—1916),法国画家,十九世纪末象征主义画派的领军人物,曾创作大量版画。

1964年（11月）
新墨西哥州，阿尔伯克基市
伊迪斯大道

爱达荷州，波卡特洛市
巴顿路
多恩夫妇（收）

亲爱的海琳：

你好！巴迪、马克和杰夫要去拍护照用的照片。（我不需要——是不是很有墨西哥特色？）于是，我们又要出发了，而且很高兴。虽然因为搬家，一切还是乱糟糟的——所以我才一直没有给你回信，也没有回复保罗那封**疯狂**的信（我们因为那封信开心了好几天）。不过，事情好像更有条理了——我们现在知道去那里需要什么（**什么都需要**）、需要带什么（**什么都不带**）。

巴迪终究还是没有找到房子。我们唯一有把握的是一间阿瑟·戈弗雷①式小草棚，可以俯瞰大海。看起来起

---

①Arthur Godfrey（1903—1983），美国二十世纪四五十年代广受欢迎的广播和电视娱乐节目表演者，歌手，曾演唱歌曲《我的小草棚》。

码比我们去年住的那个小水泥盒子要好。而且,说到底,在那里需要的也"就是"一间小草棚,除非你还想洗泡泡浴、烤土豆什么的,但是就算这样,你也不需要一间大房子。所以,唯一的麻烦就是历时十八小时、长达一百八十英里的丛林之旅,从特皮克出发……鹦鹉、火烈鸟、河流、**泥巴**、一品红,走错路。

我们四个人准备从马萨特兰坐飞机,巴迪会找个朋友跟他开车去,这对我们来说很好,对巴迪来说(某种程度上)也更轻松,因为每次涉水过河的时候我和杰夫总会大喊大叫。

嗨!我和大卫、杰夫正在马萨特兰的机场候机,马克和巴迪还在那条糟糕的路上。

我们刚刚吃完最后一顿感恩节晚餐(第四天了)。太美妙了,沙滩上,棕榈下——有蔓越莓果酱、填料和火鸡,甚至还有橄榄和芹菜!

到目前为止这次旅行都很棒——我们兴致很高,很开心——今年比去年晚了两个星期,天气也更干燥,所以我希望去巴亚尔塔的路好走点。马克兴奋极了。

我有没有说过我们什么都没带——我以为这次我们带的东西已经够少了,但是那辆可怜的车还是快被撑爆了。我们一路露营,却难以入睡,夜空繁星漫天,总是异常安静。

离开前的那天晚上,我们见到了鲍勃——自从他去旅行,我们就没见过他,那里(英格兰)听上去非常棒,他看起来也非常棒。

收到堂艾伦的三本书——奥尔森的传记写得很出色。我们真的很喜欢重读《营地》,作为单篇作品看也很好。你还寄了《草原狼》杂志——十分感谢提供了这些信息!

唉——我想不出还有什么事情——我们还要再等两个小时(已经等了两个小时了),大卫和杰夫开始有点烦躁了——所以,我们会再喝一罐可乐,大卫又会把它弄洒,他们又要去小便。然后,我会喝罐啤酒,喝更多可乐,再去小便。

巴迪在巴亚尔塔的时候从一个女人那里听说了一个可怕的消息。她来自丹吉尔,认识雷斯,说他被抓了,被送进了丹吉尔的监狱,判了五年,不得假释。你有他的消息吗?如果没有,也许你可以给莫里斯·牛顿医生写封信问问他在哪里,地址是利特尔福尔斯市 613 号信箱。

唉,真希望能快点见到你。请给我写信,告诉我你们过得怎么样,有没有什么事。

献上我所有的爱。

露西亚

又及：谢谢你寄来的《死亡船》，很抱歉忘记告诉你我已经收到了。

1965年（夏）
新墨西哥州，阿尔伯克基市
伊迪斯大道

爱达荷州，波卡特洛市
巴顿路
多恩夫妇（收）

最亲爱的多恩夫妇：

很抱歉我之前没有给你们写信，感谢你们寄来装着艾德那部漂亮的《和平消息》还有信和明信片的爱心包裹。你们不知道我们收到后有多开心——正如今天收到明信片时的心情——在我们正又一次经历低潮（？）或是退潮（？）的时候。见鬼，简直是（**低落至极**）。我们搬回了伊迪斯大道……巴迪两天前出院，现在能走两步了，但是因为疼痛而极为烦躁、疲惫——已经三个月了——他腿上的神经受损严重，恐怕要很久才能恢复。

就这样，我们搬回了美国——怎么看都非常符合逻辑。我是说，毕竟我们不能在丛林里生孩子（尽管现在想来这主意还挺不错的），巴迪回来了，孩子们也要去上学，等等，等等，还有钱的问题。可一旦回到这里，我们就想不起为什么要回来。

房子废弃了。可我们还要为它花钱——没有人愿意买——我们现在明白为什么了——没法住。那些王八蛋把一切都毁了，泳池已经没法修了，一棵草都没有，大多数灌木、树和墙都不见了。一切都破烂不堪：水管、炉子、墙壁。

我想，回到这里，**重新**开始生活，是具有哲学意义和象征意味的——只是没什么理由——这个讨厌的国家、城镇，诸如此类，让我们**既反感又害怕**。

我去了趟耶拉帕，把我们的东西运回来、寄回来——星期天出发，星期三返回。差不多已经适应了不再回去的想法。在那里，孩子摔断了腿或出了别的什么问题，都找不到医生，没有学校，没有文明。我从巴亚尔塔港出发，航行两个小时，在船上我惊讶地发现，即将回家居然让我那么开心。在旱季季末看到那些丘陵和山脉真是让人难过。我以为我们的花园变会成荒漠，为此我还有点高兴——这样的话离开会更容易些——但是船驶入海湾，隔着一英里的距离，我就能看见九重葛和矮牵牛。三个星期以来，马克和杰夫的一个朋友每天都来给我们家的花园浇水（从河里提去一桶桶水）——他一分钱都不肯收——只是希望我们回家时院子里漂漂亮亮的。打包行李的那天，整整一天也是如此——每个人都来问巴迪和孩子的情况，帮忙把纸箱搬到河对面的沙滩上。好像从那艘该死的船起航之后，那些善良的朋友们就都站在美丽至极的沙滩上，流着泪挥手告别——我也一直哭个没完。洛杉矶机场简直要了我的命——我太怀念耶拉帕和那儿的朋友了，痛不欲生。想到我们对孩子们的责任，我感觉很迷惘。在很多方面，他们都像是耶拉帕的孩子——在这里，要怎样才能保住他们身上的那些品质呢。

在耶拉帕的几天里，还发生了数不清的倒霉事和难以置信的好事。啊，墨西哥！那里的最后一夜恍如一场噩梦，得用四十页的篇幅才能描述清楚。简单来说，我被捕了，当晚和第二天上午都是在监狱度过的，直到飞机起飞前二十分钟我才靠行贿出来。一切的开端都是水手节——我跟几个朋友一起去庆祝。我去了趟卫生间，出来的时候，一个约莫十九岁的可爱男孩想亲吻我。三个**醉醺醺**的警察出现了，要（以强奸罪）逮捕他，但我觉得他们主要是想翻我的手袋找钱。我急了，因为我的手袋里有不少劲儿挺大的不好的东西，所以我和那个男孩想把手袋夺回来。于是他们开始打他，**我冲上去阻拦，**

于是我们俩都被他们带走了。整件事非常奇怪,很显然,那个新上任的市长想要我们认罪。而且,除非我签署一份强奸起诉书,否则他们就要拘留我五天——我拒绝了(这一切都发生在警察局,没有镇上的人在场,所有人都去参加那场庆典了)。他们不肯放我走,除非我帮他们"做成"这事。于是我同他们发生了激烈的打斗,结果对我的指控变成了举止下流、拒捕、醉酒、扰乱治安、殴打(对?)①三名警察、出语恶毒、亵渎神圣等等。一位上年纪的看守竟为了让我免遭警察的毒手把我推进了牢房!因为跟警察对着干,拒绝在针对"鲨鱼"——我所谓的袭击者——的任何指控材料上签字,我俨然成为狱中女王。整整一夜,那位老看守不停给我递烟,而我和一个因两桩杀人案被抓进来的十八岁孩子一起抽烟、哭泣,这本该(确实)很美妙。第二天早上,我在市长办公室度过了耻辱的两小时。他无法理解,为什么我宁可冒着身陷丑闻的风险,也不帮社会给这些邪恶的袭击者定罪,送"鲨鱼"去坐六个月左右的牢。我告诉他,唯一的袭击者就是那帮警察,于是他丑态毕露,对我威胁恐吓。这就是我和"鲨鱼"的精彩故事。他醒过来时,

---

① 此处作者不确定介词搭配是否是"upon(对)"。

简直不敢相信我竟然还没走（而是和一群古怪的囚犯一起喝咖啡、吃玉米饼），也没有控告他。

总而言之，我们现在在这里，回到了农场。马克和杰夫明天要去暑期学校，大卫要去幼儿园。可以不用一天到晚看着他们了，对我来说将会是个美妙的假期，也能让他们好好适应一下。

喂，对了，你要去英格兰，太好了。那里似乎是仅存的文明了。我希望那里有墨西哥人、独木舟、鸬鹚和鹈鹕。那里一定有鹈鹕吧？谢谢你们让我们对《和平消息》产生兴趣。对了，里面有一篇奥尔加·勒富尔托夫的讣告，我想那是德妮丝的姐姐发的，她是一位在当地和平运动中表现非常活跃的脱衣舞女郎。

今天是星期天，我们正坐着读报——或者说是巴迪在读——我还是不习惯报纸、电视、汽车这些东西，但是电话非常好——我们的电话号码是345-0852。

我们没有飞机了，不然会飞过去看你们的。但我还是希望在你们走之前能去看看你们。

到了星期天开车去乡下兜风的时候了。

我们爱你们。

露西亚

附录

露西亚·伯林简介

LUCIA BERLIN
(1936—2004)

创作

露西亚·伯林（1936—2004）一生共发表七十六篇短篇小说，大多数被收录进由黑雀出版社（Black Sparrow Press）出版的三本小说集：《思乡》(1991)、《别情依依》(1993)和《我现在的居所》(1999)。这些文集汇集了她之前在一九八〇年、一九八四年和一九八七年出版的小说集中的作品，也展示了一些新作。

她二十四岁开始发表作品，作品最早刊登于索尔·贝娄主编的杂志《高贵的野蛮人》，以及《新海岸》。后来的小说刊于《大西洋月刊》《新美国写作》以及无数小杂志上。《思乡》曾获美国国家图书奖。

伯林在二十世纪六十年代和七十年代，以及八十年代大部分时期的创作都十分精彩，但是时断时续。到八十年代末，她的四个儿子都长大成人，她也战胜了困扰她一生的酗酒问题（酗酒的恐怖、醉汉拘留所、震颤性谵妄，以及偶尔由醉酒引发的滑稽场景的描写，在她的创作中占有特殊的一角）。从那之后，她在创作上一直多产，直到过早离世。

生平

一九三六年,伯林出生于阿拉斯加,原名露西亚·布朗。父亲从事采矿业,因此她在爱达荷、肯塔基和蒙大拿的采矿营地和矿业小镇度过了童年。

一九四一年,伯林的父亲离家参战,母亲带着她和妹妹搬到埃尔帕索的娘家。她的外祖父是当地赫赫有名的牙医,但嗜酒无度。

战争结束后不久,伯林的父亲举家迁至智利首都圣地亚哥,从此她开始了持续二十五年的浮华生活。在圣地亚哥,她出席大大小小的舞会,她的第一支烟是阿里·汗亲王为她点燃的。中学毕业后,她在父亲的社交场合充当女主人。大多数夜晚,她的母亲会拿着酒瓶早早回房休息。

十岁时,露西亚患上脊柱侧凸,一种折磨她一生的脊柱疾病,必须经常佩戴钢制矫形架。

一九五五年,她进入位于阿尔伯克基的新墨西哥大学。此时她的西班牙语已经十分流利,师从小说家拉蒙·森德。不久,她结了婚,生了两个儿子。在二儿子出生前,她的雕刻家丈夫弃她而去。伯林完成了学业;也是在阿尔伯克基,她结识了诗人爱德华·多恩,她一生中至关重要的人物。她还结识了多恩的老师，任教于黑山大学的作家罗伯特·克里利，以及多恩在哈佛大学的两个同学，雷斯·牛顿和巴迪·伯林，两人都是爵士乐手。她开始写作。

雷斯·牛顿是位钢琴师，于一九五八年与露西亚结婚。（她的早期小说署名为露西亚·牛顿。）第二年，他们带着孩子搬入纽约的一间阁楼里。雷斯工作稳定，夫妻俩结识了他们的邻居德妮丝·勒富尔托夫和米切尔·古德曼，还有包括约翰·阿尔图恩、戴安·迪·普利玛和阿米里·巴拉卡（当时叫勒鲁瓦·琼斯）在内的其他诗人、艺术家。

一九六一年，伯林与牛顿分手，带着儿子离开纽约，与他们的朋友巴迪·伯林去了墨西哥。巴迪成为她的第三任丈夫。他魅力十足，很富有，但后来被证实是个瘾君子。一九六一年至一九六八年间，伯林又生了两个儿子。

一九六八年，伯林夫妇离异，露西亚在新墨西哥大学攻读硕士学位。她被聘为代课教师。此后她没有再婚。

一九七一年至一九九四年，伯林在加州的伯克利和奥克兰生活。她做过中学老师、接线员、医院病房管理员、清洁工、医生助理，同时写作，抚养四个儿子，酗酒，最终戒了酒。一九九一年和一九九二年，她主要在墨西哥城生活，照顾她罹患癌症、将不久于人世的妹妹。她的母亲于一九八六年去世，很可能是自杀。

一九九四年，爱德华·多恩介绍伯林到科罗拉多大学，此后六年，她在博尔德做访问作家，最后被聘为副教授。她成为一位极受欢迎和爱戴的老师，任教第二年便获得全校优秀教学奖。

在博尔德的几年中，她如鱼得水，与多恩及其妻子珍妮、安塞尔姆·霍洛以及老朋友鲍比·路易斯·霍金斯等人过从甚密。诗人肯沃德·埃尔姆斯里同笔者一样，与她结为至交。

由于健康状况恶化（脊柱侧凸导致肺穿孔，到九十年代中期，她已经离不开氧气瓶），她于二〇〇〇年退休，并于次年搬到洛杉矶，与儿子丹一起生活。她同癌症进行了顽强的搏斗，但于二〇〇四年在玛琳娜得瑞港去世。

附言

二〇一五年，在露西亚去世十一年后，短篇小说集《清洁女工手册》问世，成为畅销书，并入选《纽约时报》二〇一五年年度十大好书。丰泉出版社出版的西班牙语版本被《国家报》(马德里)评为年度书籍。这部作品在三十个国家出版或即将出版,每天都有新的读者发现它的魅力。

《清洁女工手册》编辑,斯蒂芬·爱默生

原版致谢

衷心感谢。

尤其感谢芭芭拉·阿达姆松、珍妮弗·邓巴·多恩、凯瑟琳·福赛特和艾米丽·贝尔。

如果没有《清洁女工手册》,也不会有这本书。谢谢FSG出版社。

感谢斯蒂芬·爱默生、巴里·古福德和迈克尔·沃尔夫率先为重新出版露西亚的作品做出努力。特别感谢斯蒂芬·爱默生杰出的工作,他使《清洁女工手册》成为一部伟大的作品。

感谢莉迪亚·戴维斯为《清洁女工手册》撰写前言,那是我们读过的最出色的前言。

感谢珍妮弗·邓巴·多恩和盖尔·戴维斯。

感谢柯蒂斯布朗公司的凯瑟琳·福赛特、霍利·弗雷德里克、莎拉·格顿、奥利维亚·D.西姆金斯、玛德琳·R.塔维斯和斯图尔特·沃特曼。

感谢FSG出版社的艾米丽·贝尔、弗罗拉·埃斯特利、安布尔·胡佛、杰克逊·霍华德、德文·马佐尼、尼舍·麦基和斯蒂芬·韦尔。

感谢（新老）朋友们：基斯·阿尔伯特、丝塔茜·阿门德、凯伦·奥维宁、尚索奈特·巴克、弗雷德·巴克、海琳·巴克、斯蒂芬妮·巴克、汤姆·克拉克、罗伯特·克里利、戴夫·卡伦、史蒂夫·迪金森、艾德·多恩、玛雅·多恩、玛利亚·法谢、琼·弗兰克、露丝·富兰克林、格洛丽亚·福瑞姆、伊丽莎白·盖根、洛娜·格莱斯顿、西德尼·戈德法布、马文·格兰隆德、鲍比·路易斯·霍金斯、安塞尔姆·霍洛、莱尔德·亨特、史蒂夫·卡茨、奥古斯特·克莱因扎勒、艾瑞卡·克劳斯、史蒂文·拉沃伊、奇普·利文斯顿、凯利·卢斯、乔纳森·麦克、伊丽莎白·麦克拉肯、彼得·迈克尔逊、戴夫·穆赫兰、吉姆·尼斯比特、乌尔丽克·奥斯特迈耶尔、罗恩·帕吉特、凯莉·帕拉克、米米·庞德、乔·萨夫迪、珍妮·尚克、琳赛·斯宾塞、伊万·苏万杰夫、奥斯卡·范·盖尔德伦、大卫·柳、保拉·杨格。

感谢露西亚先前作品的出版人：西风影像社（Zephyrus Image）的迈克尔·迈尔斯及霍尔布鲁克·泰特，龟岛出版社（Turtle Island）的艾琳及鲍勃·卡拉汉，汤布图出版社（Tombouctou）的迈克尔·沃尔夫，柏特龙出版社（Poltroon）的阿拉斯泰尔·约翰斯顿，黑雀出版社（Black Sparrow）的约翰·马丁及大卫·戈丁。

感谢家人：巴迪、马克、大卫、丹、C. J.、尼古拉斯、杜鲁门、科迪、莫莉、莫妮卡、安德莉亚、帕特里西奥、吉尔、乔纳森、乔茜、保、内斯、芭芭拉、保罗、雷斯、吉尔·玛格鲁德·加伍德和奥利瓦·加伍德。爱你们。

杰夫·伯林

图书在版编目（CIP）数据

欢迎回家 /（美）露西亚·伯林著；王爱燕译.
北京：北京十月文艺出版社，2024.11. -- ISBN 978-7-5302-2438-0

Ⅰ. I712.65
中国国家版本馆CIP数据核字第2024K487K6号

著作权合同登记号　图字：01-2024-3884

WELCOME HOME: A Memoir with Selected Photographs and Letters by Lucia Berlin
Copyright © 2003, 2005 by Lucia Berlin
Copyright © 2016 by the Literary Estate of Lucia Berlin LP
Copyright © 2018 by the Literary Estate of Lucia Berlin LP
Published by arrangement with Farrar, Straus and Giroux, New York.
All rights reserved.

欢迎回家
HUANYING HUIJIA
[美] 露西亚·伯林 著
王爱燕 译

出　　版	北京出版集团
	北京十月文艺出版社
地　　址	北京北三环中路6号
邮　　编	100120
网　　址	www.bph.com.cn
发　　行	新经典发行有限公司
	电话 010-68423599
经　　销	新华书店
印　　刷	北京盛通印刷股份有限公司
版　　次	2024年11月第1版
印　　次	2024年11月第1次印刷
开　　本	850毫米×1092毫米　1/32
印　　张	8.5
字　　数	137千字
书　　号	ISBN 978-7-5302-2438-0
定　　价	59.00元

如有印装质量问题，由本社负责调换。
质量监督电话　010-58572393

版权所有，未经书面许可，不得转载、复制、翻印，违者必究。